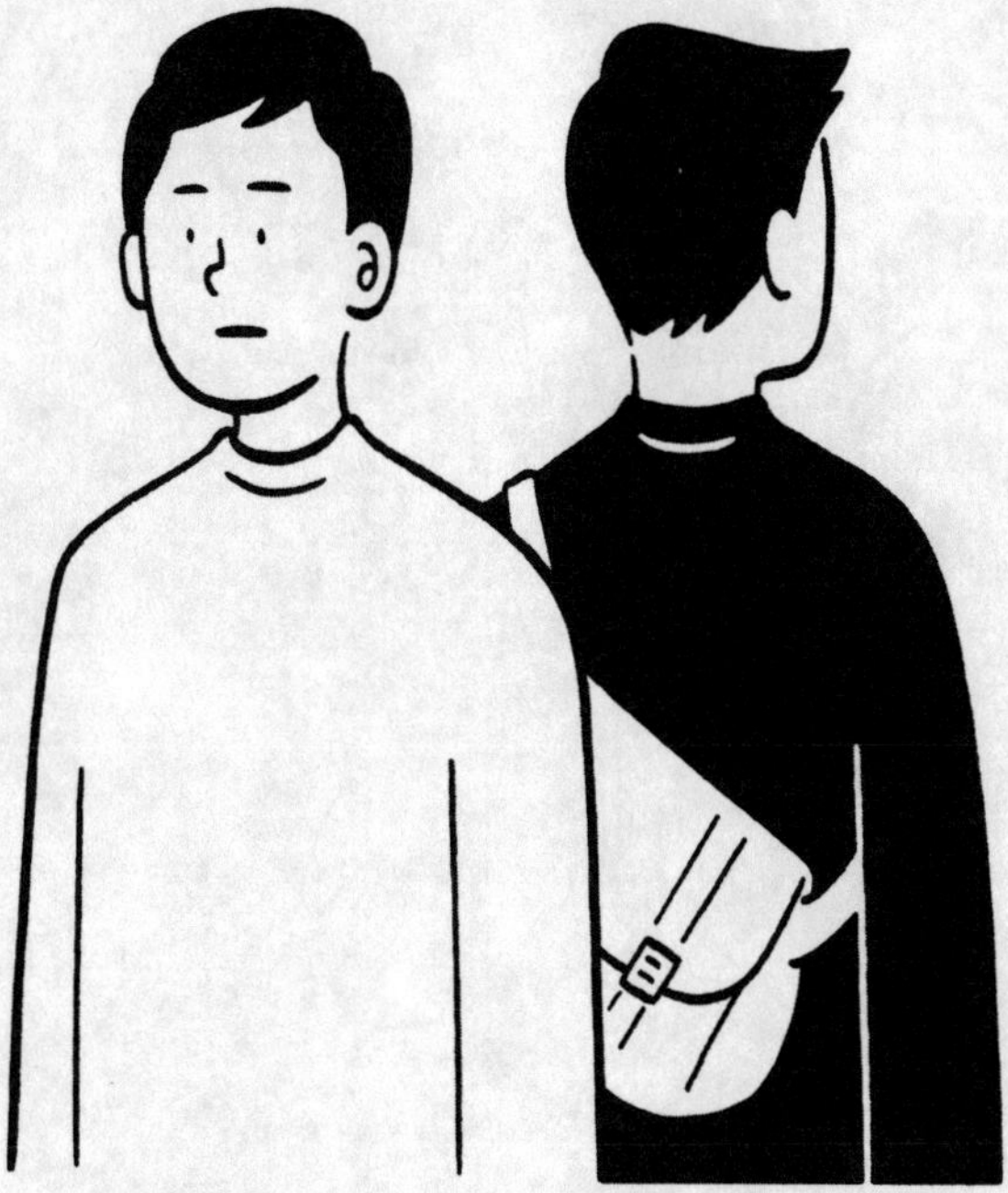

拝啓 元トモ様

TBSラジオ「ライムスター宇多丸の
ウィークエンド・シャッフル」&
「アフター6ジャンクション」編

筑摩書房

目次

まえがき

ライムスター宇多丸

恋愛は終わるが、友情は続く。

恋人は代々入れ替わってゆき、別れてしまえばそれまでだけど、本当に気が合う友人との関係は、いくつになろうが、変わらぬまま。

そんなふうに思っている人は多いだろう。

だが、本当にそうだろうか？

時は二〇一六年春、TBSラジオ「ライムスター宇多丸のウィークエンド・シャッフル」、月例の企画会議中。来たる四月アタマに相応しい、何か新しい特集のアイデアはないかと駄話を転がしてゆくなかで、ふと思いついたコンセプト。それが「疎遠になった友達〜元トモ」でした。

「……そう言えば、学校入りたてのときとかにさ、〝最初に仲良くなったやつ〟っているじゃん？　席順が近かったりして、たまたま一番初めに話しかけてきた相手と、お互い勝手もわからないし不安だから、とりあえずしばらくは一緒に行動するようになったり、っていうような。でも、だんだん学校生活にも慣れてくると、自然と他のもっと〝合う〟やつらとつるむことが多くなって、いつのまにかその最初の友達とは、距離ができてゆく。で、あとから振り返ってみれば、〝そう言やオレ、初めの一週間はあいつと一緒に帰ってたんだっけ〟って不思議に感じるくらいなんだけど、それでもそのことを思い出すたび、なぜか胸にちょっとだけ痛みが走る、みたいな……そういうのって、誰にでもあるよね？」

そしてこの季節とは、まさしくそうした逸話の量産期であろう……ということで、特集枠に早速投入された当企画。とは言え当初は、発案者たる僕自身、比較的ライトに黒歴史を笑い飛ばす投稿コーナー、程度のバランスを想定していた気がします。

しかし、いざリスナーからのメッセージが集まってみると、我々はすぐにこれが、自分自身も決して無傷のままではいられないトピックであったということを、嫌というほど思い知らされることになります。

年齢や立場もそれぞれまったく異なる皆さんから寄せられたエピソードの数々は、話の性質上、わかりやすい感情的出口が用意されていないぶん、どれも思いのほか、腹の底にヘビーな余韻を残すものばかり。

そしてそれは同時に、誰もが一人ひとり胸の奥にしまい込み、鍵をかけてしまったことさえ今では忘れているような、自らの「元トモ」との後ろめたさと後悔に満ちた思い出をも、容赦なく再浮上させる効果を伴っていたのです。

僕が記憶の扉をこじ開けられたのは、小学校低学年から中学年にかけての同級生で、おそらく人生で初めて「親友」と呼び合った仲でもあるはずの、Oくんとのこと。

Oくんは、いつでも明るくふざけているような、頭の回転が早いひょうきん者タイプ。それでいて、元気系小学男子にありがちな粗暴さなどはまったく感じさせない、人当たりソフトな可愛い子でもあったので、僕は本当に大好きでしたし、実際すごく気も合っていたと思います。ませガキだった僕につけられた「佐々木のおっちゃん」、後年はただの「おっちゃん」となってゆくあだ名も、そもそもはOくんによるネーミングだったような。

そんなOくんが他の地区に引っ越していったのは、たぶん小四から小五になる頃。そこまで遠距離同士になってしまったわけでもなかったはずですが、その後は自然に連絡も取り合わなくなり、あくまで儀礼的な年賀状のやり取りだけが残ってゆきました。

そこで終わっていれば、まだ良かったのですが。

あれは高一の冬だったでしょうか。Oくんからの年賀状に、「今度、おっちゃんちのほう、遊びに行っていい？」という一言が。そこから直接電話で話したりしたのかどうか、よく覚えていないのですが、とにかく約束をしたその日曜に、Oくんは、僕の実家マンション前に現れたのでした。

少し猫っぽい、人懐っこい笑顔は昔のまま。ただし、原付に跨《また》がり、ラフにジャージを着こなした彼の佇まいは、どことなく、ヤンキー的なそれになっていました。なるほどOくんが越していった先では、このくらいの感じがごくごく当たり前だったのでしょう。

いっぽう僕はというと、すでに映画や音楽など一癖あるサブカルチャー群にどっぷりハマり、ファッションにもそれなりのこだわりを持ち始めていた時期。端的に言えば、なかなかにめんどくさい、トゲトゲした自意識を育くんでいる真っ最中でもありました。なので正直、「親友」との久しぶりの再会を喜ぶよりも、「今さらこの彼と、何を話せばいいっていうんだ?」という戸惑いのほうを、はるかに強く感じてしまっていたのです。

おそらく彼もまた、すっかり変わってしまった僕の言動に、鼻持ちならないバイブスを敏感に嗅ぎ取っていたに違いありません。その日は一応、ブラブラとそのへんを歩き回ったり、ちょっとだけ原付をいじらせてもらったりして、普通にお別れしたのですが……。

翌年Oくんから届いた年賀状には、お決まりの挨拶のあと、こう書き添えてあったのです。

「おっちゃん、変なヤツになるなよナ!」

変なヤツ……。

もちろん彼からすれば、意味不明な固有名詞や小難しい表現を振り回す僕の姿は、確かにそう見えたのでしょう。僕の物腰に、とっつきづらさも事実あったのだと思います。それをライトな口調で諫《いさ》めようとしてくれたOくんは、やはり本質的に、幼い頃と変わらぬ「いい子」だったのかもしれません。

とは言え当時の僕にしてみれば、あの日の会話も、いま興味を持っているものや考えていることをできるだけ率直に彼に伝えようとした結果、要は自分なりに二人の隙間を埋めようとしたつもり、では間違いなくあったのです。それに対するOくんの、このバッサリした全否定。ショックと怒りと恥ずかしさが、一気にこみ上げてきました。

それ以降、彼と連絡を取ったことはありません。

あれから三十余年が経ったいま、よりはっきりとわかるのは、Oくんと僕との友情は、やはり小学校高学年になったあたりで、すでに終わりを迎えていたのだろう、ということ。彼の引っ越しは、思春期を前にして激しく変わりゆく互いにとって、ある意味ちょうどいいタイミングだったのかもしれません。

ところが、不幸にも僕らは、他者との違いにせめてもの敬意を払える人間的度量も育ちきらない中途半端な段階で、不用意に再会してしまった。この一件以来、少年期のそれなりに美しかった交流の名残りは、できれば思い出したくもないほどの不快な何かへと、根こそぎ書き換わってしまったのです。

無論それすらも、今後またどうなってゆくかはわからない、つまり、生きてゆくうえでの最終的な決着とは、限らないわけですが。

人間というものが、絶えず変わってゆく存在であるかぎり、人との関わり方も必然、常に変化・変質してゆかざるを得ない。その意味で、本書に収められた「元トモ」をめぐる物語とは、誰もが大なり小なり必ず経験する、一種の成長プロセスなのではないでしょうか。

事程左様《ことほどさよう》に……。

逆に言えばそれは、無数の取捨選択の果てにある、我々の「この人生」のかけがえなさを、あらためて際立てもする。

毎読後に訪れる、胸をえぐるような感覚は、ひょっとすると生の豊かさそのもの、なのかもしれません。

というわけで、前置きはこのくらいにしておきましょう。

それぞれに、ただただ痛くて、愛おしい、選りすぐりの悲喜劇たち。（コーナーのテーマ曲と勝手にさせていただいた、トモフスキーさんの名曲「疎遠」を脳内プレイしつつ）心してご堪能くださいませ！

「疎遠」

トモフスキー（作詞・作曲　大木知之）

疎遠、、、

わざわざ報告するほど
良くもないし悪くもない
中途半端が長引いて
インターバルが広がってく

こっちの気分がハイでも
あっちはそうでも無いかも
変な遠慮でくすぶって
タイミングを逃してゆく

疎遠　このままじゃ
疎遠　また
疎遠　つくってしまいそう
新しい疎遠

疎遠　放っておいたら
疎遠　また
疎遠　育ててしまいそう

間隔があけばあくほど
普通の用事じゃ足りない
いつか今度
いつか今度
いつか今度になってゆく

いつかなんて
ずっと来ない
今度だって
結局来ない

こんなふうにちゃんと
気にしてることなど
もう向こうには
届くはずも無い

疎遠　このままじゃ
疎遠　また
疎遠　つくってしまいそう
新しい疎遠

疎遠　放っておいたら
疎遠　また
疎遠　育ててしまいそう

数えきれない
数えないけど

アルバム「39」収録曲。二〇〇五年

プロフィール

◆ 高橋芳朗

1969年、東京都生まれ。音楽ジャーナリスト。宇多丸とは、25年来の付き合い。「ジェーン・スー 生活は踊る」などラジオ出演多数。『生活が踊る歌』などの著作がある。

◆ DJフクタケ

1990年代より歌謡曲やゲーム音楽をクラブ・ミュージック・マナーでプレイするDJとして活動。和モノMIX CD「ヤバ歌謡」や音源復刻などリリースは多岐にわたる。

◆ トモフスキー

1965年、千葉県生まれ。ミュージシャン。「元トモ」のテーマ曲「疎遠」でおなじみ。「春の疎遠祭 2019」では「疎遠」を生演奏、スタジオは歓喜の渦に包まれた。

◆ 古川耕

1973年、神奈川県生まれ。2007年、宇多丸から「オレの高田文夫になってくれ」とのオファーを受け、ラジオの構成作家の道に。現在、「アトロク」のメイン構成作家。

◆ 矢部太郎

1977年、東京都生まれ。お笑いタレント「カラテカ」のボケ担当。「タマフル」でのしまおまほの紹介をきっかけとして、『大家さんと僕』（第22回手塚治虫文化賞短編賞）が生まれた。

◆ ライムスター宇多丸

1969年、東京都生まれ。早稲田大学在学中、ヒップホップ・グループ「ライムスター」を結成。日本のヒップホップ黎明期からシーンを牽引、現在も第一線で活躍している。ラジオＤＪとして「アトロク」のパーソナリティを務める。

◆ 池澤春菜

1975年、アテネ生まれ。声優、エッセイスト。「カルチャートーク」での小説の紹介に定評があり、「春の疎遠祭 2019」にも登場。『乙女の読書道』など、著作多数。

◆ 宇垣美里

1991年、兵庫県生まれ。元ＴＢＳアナウンサー、2019年4月よりフリー。「アトロク」火曜パートナーで、「元トモ」読み上げの尺の調整は職人級。「宇垣総裁」とも呼ばれる。

◆ 駒木根隆介

1981年、東京都生まれ。日本大学藝術学部在学中、俳優としてのキャリアをスタート。『SR サイタマノラッパー』で主演を務め、現在も数多くの作品に出演している。

◆ しまおまほ

1978年、東京都生まれ。漫画家、エッセイスト。『ガールフレンド』など、著作多数。「祝50歳! 宇多丸 大爆誕祭2019」のプロデューサーを務めた。

国書刊行会

はたらくほうのももさん（男性・四七歳）

私の

学生時代は主にスポーツに明け暮れた時間でしたが、高校の一時期だけ帰宅部だったことがあります。そのときに出会ったのがSくんでした。

彼は休み時間のあいだずっと本を読んでいるタイプで、あまり仲間とつるんでいる姿は見かけませんでしたが、私自身も本好きだったので気になる存在ではありました。というのは、彼が読んでいるのが分厚いハードカバーだったり、崩壊寸前の岩波文庫だったりしたので、いったい何を読んでいるのか不思議だったのです。

そんなある日、学校帰りの電車で本を読んでいると「ねえ、何読んでるの？」と話しかけられました。Sくんでした。

類は友を呼ぶのか、彼は私が本に興味を持っているのを知っていたようで、話しかける機会を探っていたようでした。私は自然科学とハヤカワ文庫、彼は哲学と創元推理文庫と違いはありましたが、唯一クトゥルー神話という接点もありすぐに意気投合。やがて一緒に神保町や早稲田の古本屋をあさったり、地方の大型店舗に遠征したりするようになりました。あれほどたくさんの、そして幅広いジャンルの本を読んだのは、後にも先にもあのときだけです。

高校を卒業し私は大学で再びスポーツをはじめ、Sくんは家業を継ぐために修業ということになり、読書量の減少とともに会う機会は減っていきました。社会人になったころには唯一年賀状で「変わりありません」と挨拶するだけになりました。

そのSくんと偶然再会したのはそれから一五年後の秋、場所は神保町のブックフェアの国書刊行会の店先でした。せっかくなのでちょっと話そうと喫茶店に寄ったものの、私はその時期仕事がうまく行っておらず、彼も家業をたたみ両親の介護をしながら働いているようでした。身の上話は重く、正直気まずい時間でした。

ちょっと沈黙が続いたときに、彼は私が抱えている荷物を指さし「今日は何買ったの、ちょっと見せてくれない？」と言いました。相手がどんな本を読んでいるのかが気になる、時間が経ってもその習性だけは変わっていなかったのです。その後はお互い買った本を見せ合いながら、今読んでいる本や注目している作者など時間を忘れて本の話をしました。思えば学生時代もSくんとは本を通じてしか話をしていなかったし、今もやはり本だけでつながっているのだ、と感じました。

帰りがけにSくんは私が買った本を一冊取り、「この本は貸してくれないかな？　次会うときに返すから」と私に尋ねました。「次っていつだよ」と答えながら私も、彼が買った本から一冊取って「じゃあその代わりにこれを借りるよ」と答えました。

その次のSくんからの年賀状にはいつもの「変わりありません」ではなく、借りていった本の感想と、彼がここ一年で読んだベストの本のリストが書いてありました。これはその後お互いの習慣になり、今に至るまで毎年読むべき本のリストを年賀状に書いて交換しています。

その代わりに近況は書かなくなったので彼がどんな生活をしているかはわかりませんが、一月にそのリストを消化するのが毎年の楽しみでもあります。彼にとっても私のリストが楽しみであればいいのですが。

Sくんとは疎遠ではありますが、モト友ではなく今でも友だちなのでしょう。いつかお互いに借りた本を返さなければいけないのですが。

宇多丸　いやあ〜……。

宇垣美里　これは……いい!!

宇多丸　本を通して再び気持ちが通じ合ったというね。これはいい話ですよ!

宇垣　これはもう、友だちだよ! 近況とか知らなくていい。

宇多丸　友だちって、腹を割ってなんでも言うとか、別にそれだけじゃないから。

宇垣　本の感想を伝えあうって、ある意味、心をどういうふうに見せ合うかに近いですしね。

宇多丸　Sくんが「本、貸して」って言うのもいいよね。「これをきっかけにまた昔みたいに……」て言うんじゃなくて、「次会うときに返すから」っていう。

宇垣　この言い方、おしゃれ! 次を決めたらそれが負担になっちゃうかもしれないから決めないけど、でも感想とリストは送る。にくいね！

宇多丸　僕もこないだ、巣鴨（学園）時代の、中高からの仲良しチームとすんごい久しぶりに会ってさ。皆さんそれぞれ堅い仕事に就いてたりするから、共通の話題はせいぜい昔話かと思いきや、席についてしばらくするともう、最近観た映画の悪口で普通に盛り上がれましたからね。

あっという間に昔の感じに戻れちゃうもんだなと。あと、そもそも最初の青春時代のふたりのあり方も、豊かじゃない？　完全にぴったり重なってるわけじゃなくて、ちょっとだけ違う。

宇垣　重なってる部分が少しあれば、それだけで友だちになれるっていう。

宇多丸　宇垣さんって、こういう「本友だち」っていました？

宇垣　いましたいました。私はそれこそ明るかった――いや、明るくはないな、間違えた。普通に大人しかったんですけど、もっと大人しいタイプの子と、本の話をするとかありました。普段は何言ってるかわからないんだけど、本の趣味だけは合う、みたいな男の子の友だちもいました。相手もたぶん、わたしがなに言ってるかわかってない。

宇多丸　しかも高校のときって、めちゃめちゃ本読む時間あるじゃん。

宇垣　そうですね。なんであんなに暇だったんだろう、っていうくらい。

宇多丸　オレも久々に、小林少年に会いたいな〜。「村上といえば〜?」「龍!」の小林少年ね。

宇垣　知らんがな。

宇多丸　これ読んで記憶の扉が開いちゃってる人もいっぱいいいるんじゃないですかね。

宇垣　「いれものがない」って言ったら、ちゃんと「両手で受ける」って返してくれる友だちがいたんです（編注：尾崎放哉の自由律俳句「いれものがない両手で受ける」）。そういうのを言い返してもらったら、気持ちがスン!となりますよね。

ダークナイトをライジング

正夢の3人目(男性・三二歳)

一度だけ、絶交したことがあります。

彼とは小学校からの付き合いでした。お坊ちゃま学校だった自分は小学校から大学までエスカレーター式。ですが、中学の初めに友だちづくりに失敗し、それから一〇年、顔ぶれの変わらない同級生のなかで「友だちがいない人」として生きてきました。

そんななか、小学校時代に仲が良かった彼と再会したのは高校のとき。彼が入っていた演劇部に僕が入部したのです。同学年の部員は彼と僕のふたりだけ。彼には彼の友だちがいたので学校内で話しかけることはなく、放課後の部活だけの付き合いでしたが、たしかに彼は親友だったと思います。

そのまま大学へ行き、演劇にはまった僕と彼はふたりで小さな劇団をつくりました。彼が主宰で僕が台本と演出。数回公演を打っただけでしたが、そこでもやはり僕と彼は親友だったと思います。

そんな彼となぜ絶交したのか。


一万円貸したのに返してくんねーんです。アイツ。

その事件（一万円貸したのに返してくんねー）が起きたのは忘れもしない二〇一二年。アカデミー賞でいうと『アーティスト』が受賞した年です。

当時フリーターで大してバイトもしていなかった自分は常に金欠でした。ですが彼に「この日に返すから一万円だけ貸してくれ」と言われ、返ってくるならとお金を渡しました。

しかし当日になっても彼からの連絡はありません。電話をかけても繋がらない。メールを出しても返信がない。

「えっと、今日返してくれるんだよね？」

「何時ごろになるかな？」

「とりあえず返信おくれ〜」

「あのさ、なんでもいいから電話出てくんないかな」

「なんなんだよ、お前」

「もう金はいいから説明だけしろって」

「なんなんだ、お前」

「怒ってんだけどわかってる？」

「もう一度言うぞ、なんなんだお前」

お坊ちゃん学校で喧嘩もした事のなかった自分は、キレ方を知らず、当然キレたあとのやめ方も知らず、ＥメールとＣメールによる完全一方通行のブチギレメールを大量に送りつけてしまったのです。

しかし時間が経って冷静になり、もしかしたら本当に返信できない状態だったのかもと思い始めました。事実、あれだけメールを送ったのに、翌日になっても彼からの返信は一切なかったのです。

数日が経ち、本当に何かあったのかと心配になってきたころ、当時はまだ人が溢れていたミクシィにログインすると、彼の日記が更新されていました。

そこに書かれていたのは、ひと言だけ。

「今から、ダークナイトをライジングしてきま〜す」

なんなんだ、お前！！！


それ以降、彼とは連絡をとっておりませんし、向こうからの連絡もありません。自分が悪かったのかとも思いますが、それを確認する術もありません。

今回の企画で久しぶりに彼を思い出して考えるのは、彼がすごく幸福になってても嫌だし、すごく不幸になってても嫌です。平凡だけれども、ちょっとだけ不幸（免停中とか）くらいでいてくれればなと思います。

とりあえず、一万円返せよ。そこから始めっぞ、鈴木。

宇多丸　ひょっとしたら、鈴木と「正夢の3人目」さんとの間になんらかのボタンの掛け違いがあったのかもしれないけど、やっぱり鈴木が自分から言いだしたことなんだからねぇ。仮に不測の事態ですぐには連絡とれない状態だったとしても、なるべく早く一報は入れるよう努力するべきだし、実際には鈴木、数日後にはケロッと映画観に行く報告なんかミクシィでしてるんだもんね。一方的な畳みかけメールでへそ曲げたにしても、これは限りなく鈴木のほうが悪いように僕にも思えるし、根本的な人格すら疑いたくなってしまうのもわかる気がします。

ただ、「正夢の3人目」さんにとっては、友だちがいないなか、演劇を通じて親しくなった鈴木のことは、とても大事な存在だったと思うんです。でも、彼はその外側の世界にも友だちがしっかりいるタイプだった。そういう「友人間格差」も切なくなるところですね。

それにしてもこの、「今から、ダークナイトをライジングしてきま〜す」という脱力フレーズの、二〇一二年感あふれる耐えがたい軽さよ。

ダンス＆カニばさみ

バルゴン（男性・二〇歳）

私は

今年、二浪してやっと志望の大学に入学できた、ホヤホヤの大学一年生です。もちろん、友人はゼロ。入学式での所在なさ、心細さは半端なかったです。

宇多丸さんならわかると思いますが、入学式直後のキャンパスはサークル勧誘の嵐。あらゆるサークルの先輩たちが、子羊のごとく怯えている新入生を仲間に引き入れようと、声をかけまくっています。私もいつ声をかけられるか不安半分楽しみ半分でキャンパス内を歩き回りましたが、なぜか声をかけられません。

入学三日後、私には、勧誘する価値もないのか……と、落ち込みながら、食堂の端っ

こで昼飯を食べていると、

「君、一年生? いっしょにご飯たべない?」と、声をかけられました。

「ええ、問題ないです」と、ぎこちない返事をする私の隣に座ったのが、サッカーサークルに入るの決めたという、一年生のMくんでした。

今考えれば、勧誘以外のなにものでもなかったと思いますが、声をかけられた私は、これでやっと友だちができる!と有頂天。電話番号を交換し、後日、部活見学をすることに。

サッカーに関して、「ウイニングイレブン」ではかなりの腕前ですが、リアルサッカーは高校の授業でやる程度。さらに二年間の浪人生活で、運動神経はゼロを通り越してむしろマイナス。かたや、Mくんは高校時代バリバリのサッカー部。

そんな私に対しても、Mくんは本当にフレンドリーに接してくれました。部員をキープしようという、邪心あふれるほかの部員とは違い、純粋に友だちでした。

実は、そんな彼と疎遠になりつつあります。

きっかけは、サッカーサークル初めての新歓飲み会、つまりは新歓コンパというやつです。先輩たち全員とサークルに興味のある新入生、合わせて四〇人くらいのけっこう大規模な飲み会でした。私も友だちを増やして、はやくサークルに馴染もうとそれに参加しました。

頼りのMくんは、はやくも先輩たちに気に入られ、あっちこっちへ大人気。かたや、私は動くことなく一カ所でビールを飲み続けていました。

隣になった人ともろくに話すこともなく、黙々とビールを飲み続けた私はかなり酔っていたと思います。気も大きくなっていたと思います。

待っているばかりではダメだ！　攻めなければ！と思い立った私は、勇気を出して、見た目がちょっと好みの一年生女子K子さんの隣に行き声をかけました。酔っていたので、いつもより元気&気が大きくなっていたことも手伝ってか、思ってた以上に話がはずみ番号を交換するほど打ち解けました。

ここまでは順調。

しかし、私の最大の失敗はその直後にやってきます。K子さんとすっかり意気投合したとはいえ、まだ会って一時間くらい、また今度飲みに行こうと約束するくらいにしておけばよかったのに、私が彼女に提案したのは、「踊ろう」でした。

私がイメージする大学生は毎晩クラブでダンスしているというものだったので、そこから出てきた発言だと思うのですが、今思うと自分でもドン引きです。

案の定、嫌がるK子さん。

無理やり立たせようとする私。

それを遠巻きに心配そうな目で見ているMくん。

「踊ろう」「嫌だ」が、何回か続いたのち、イライラが頂点に達した私は何を思ったのか、K子さんを立たせようと、カニばさみをして無理やり立たせようとしました。

初対面の男子に、カニばさみをされたことに驚き、泣き出してしまうK子さん。

生まれて初めて女の子を泣かしてしまい、パニックになる私。

私の記憶はそこで途切れています（後日、先輩に聞いたところ私はその後寝てしまい、先輩たちにタクシーに乗せられて家に強制帰還させられたそうです）。


飲み会の二日後、Mくんに会いました。すると、Mくんから、それまでのフレンドリーさが消えていました。

「バルゴンさぁ、女の子にカニばさみはダメだよ。本当にダメだよ。それだけは絶対にやっちゃだめ。かわいそうじゃん。もう少し、お酒の飲み方と、女の子への接し方ちゃんとした方がいいよ」と冷たく言って去って行きました。

Ｋ子さんには謝ろうと何回も電話していますが、案の定電話に出てくれません。宇多丸さん、僕は、ＭくんとＫ子さんと疎遠になるしかないのでしょうか？　大学で初めてできた友だちを、失いたくありません。

宇多丸　バルゴンさんの立場心情的に、酒の力に頼ろうとするのもわかる。実際、Ｋ子さんと仲良くなるところまでは、お酒の効果もいい方向に役立ってたわけだしね。

その後の失態が論外も論外、アウト中のアウトであることは言を俟たないわけだけども、お酒で失敗することもある、それを学んでいる年ごろでもあるんだ、というような優しい汲み取り方ができない程度には、彼らもやはりまだ若い、ということでもありますよね。正直、彼らの印象をすぐに元に戻すのは難しいかもしれないけど、それはそれとして、少なくともＫ子さんには留守電でもいいから、誠心誠意お詫びと反省の気持ちを伝えておいたほうがいいんじゃないかな、とは思います。

ちなみに僕は、サークルには勧誘で入ったんじゃなくて、興味を持てる活動をしてそうなところを調べて、自分から連絡しました。バルゴンさんも、そのサッカーサークルにどうしてもいたいなら仕方ないけど、もうちょっとご自分を生かせるようなところ、そのままで受け入れてくれそうなところを探してみたほうがいいんじゃないかな、という気もします。いろいろ試せるのが学生時代の特権でもあるんだから。

夢の続き

ヨコハマタソガレバナナスタンド（男性・五六歳）

三十

数年前、僕がまだ二〇代だったころ、同じ小劇団でお芝居をしていたナベちゃんのお話です。

大学の演劇科の仲間と立ち上げた劇団に、ナベちゃんはあとから参加してきました。演劇科の同窓以外で初めての劇団員です。実直で寡黙で、いつもニコニコ仏顔のナベちゃんは最高にナイスガイで、あっという間に溶け込むどころか、みんなナベちゃんが大好きになりました。

けれどナベちゃんは、演技者としては信じられないほど不器用でした。普段は柔らかなオーラに包まれているのに、稽古を始めた途端、物言いも動作も初期人型ロボット試作品がバグってノッキングしたようになり、観る者すべてをとめどなくいたたまれない気にさせました。

最高にいいヤツだけに、「君には向いてない、早く見切りをつけて別の道に進んだほうがいいよ」と率直に言ってあげるべきではないかと僕は思い、劇団の主宰者で演出家のKにもそう意見しました。

というのも、何を隠そうナベちゃんの実家は都心の一等地の持ちビルで、あわよくばそのワンフロアを稽古場として借りられるのではないかという、実は大変よこしまな動機で我々はナベちゃんを劇団に勧誘したので、ナベちゃんの人型ロボットノッキング演技をみるたびになんだか自分たちが最低なヤツに思えたのです。

しかし演出家のKは「大丈夫。ナベちゃんはイケるよ」とニヤニヤとどこ吹く風。なんだか割り切れない思いで内心「そんなに自前の稽古場が欲しいのか」と毒づきました。

本公演も迫ったある日の稽古場で、ナベちゃんは突然覚醒し弾けました。突如、ナベちゃんの肉体は自在に躍動し、声は自由を獲得し、つまり一人の若き俳優がまさに「化ける」瞬間を、僕らは目の当たりにしました。結局、公演は勢いに乗ったナベちゃんの独壇場となり、初めて自由を獲得した喜びにあふれた若き俳優の表現に、僕も含め共演者も圧倒されました。

当時は小劇場の第二期黄金時代といえる時代で、数多の小劇団が群雄割拠ひしめき、その多くはインプロビゼーション（即興）を取り入れた表現スタイルを得意としていました。僕らの劇団も即興のエチュード、トレーニングに明け暮れる毎日で、僕もナベちゃんも俗称ＡＢと呼ばれる即興トレーニングを千本ノックよろしく延々と繰り返しました。どういうトレーニングかというと、ＡはＢに課題を与え続けます。泣け！　笑え！　驚け！　驚きながら笑え！　空を飛べ！　地球を救え！　地球を救いながら泣け！　そしてＢは即座に反応し、ひたすらＡの無茶ぶりに延々応え続ける。

ナベちゃんが本領を発揮するのは命令を下すＡの役回りではなく、Ｂの役割に回ったときでした。不器用だけど、しかし真摯にナベちゃんは無茶ぶりに応え続け、疲れることを知りませんでした。ナベちゃんは無茶ぶりに応えて、泣いて笑って驚きながら空を飛び、猛烈な睡魔と闘いながらドーバー海峡をスキップで渡り、止まらないしゃっくりでビートルズメドレーを歌いながら地球を救いました。

結局、僕らの劇団は動員が伸びず、一人欠け、二人欠け、みな疲弊し、ついに解散することになりました。解散公演の打ち上げで、ナベちゃんはいつもの朴訥《ぼくとつ》とした口調で、しかし驚くべき宣言をしました。

「僕、アメリカに行きます。アメリカで役者として勝負します！」

……ナ、ナベちゃん、そもそも英語得意じゃないよね？　三〇に差しかかろうという英語もできない日本のぶきっちょな小劇場の俳優が、つてもなく単身アメリカに渡って、何をどーやって「勝負する」というのよ。

しかしナベちゃんの決意は固く、最後はその場にいたみな、酔いも手伝って「いけいけ！　勝負、勝負！　一度きりの人生！　いっちょかましてこい！」と無責任なエールを送りました。

人生で最も余裕のない悪戦苦闘真っ只中、泥水が主食の二〇代後半。まだＳＮＳどころかメールも普及しておらず、何度かは近況を伝えるエアメールのやりとりもしましたが、それもいつしか途絶え、気が付けば疎遠に……。

月日は流れて十数年後のある日のこと。あのころの劇団主宰者Ｋから、久しぶりに電話がありました。

「『ラストサムライ』もう観た？　まだ？　とにかくすぐ行け！　猛烈に泣けるから！」

「あれ？　Ｋはトム・クルーズ苦手だったよなあ、たしか」と、怪訝な気持ちもありなから映画館に。映画の中盤、自宅蟄居を命じられた渡辺謙演ずる勝元をトム・クルーズ演ずるオルグレン大尉が救出に来る場面。

トム・クルーズと対峙する屋敷の警護隊長は、あの懐かしい仏顔の男、ナベちゃんでした。頭が理解する前に涙が噴き出しました。

やったな！　ナベちゃん！

決して大きな役ではないかもしれませんが、あの不器用な人型ロボットが「やるかやらないか」で「やる」を選択したあの日から、泥水すすり続けて一〇年、ついにここまでたどり着いたということは、とてつもない偉業に思えました。

さらに三年後、今度は『硫黄島からの手紙』で再びスクリーンに映るナベちゃんを観ました。渡辺謙演ずる栗林中将の副官役を演じるナベちゃん。イーストウッド御大の映画で躍動するナベちゃん。

硫黄島の浜辺で、栗林中将と副官の二人だけで米軍上陸のシミュレーションをする場面。

上官の「走れ！　右へ行け！　匍匐《ほふく》前進！」と次々に繰り出されるオーダーに一生懸命に答え続ける副官は、まさしくあのAとBの即興トレーニングのナベちゃんそのままで、あの劇団の日々がオーバーラップして、またもや涙腺崩壊。

それからさらに三年ほど経った二〇〇九年の年末、久しぶりにナベちゃんから連絡があり、日本で正月を過ごすので、みんなに会いたいと。

かつての劇団まわりの仲間が集まり、約二〇年ぶりにナベちゃんを囲んでの新年会。相変わらずニコニコ仏顔のナイスガイのナベちゃん。というか、参加者全員がニコニコ仏顔。近況報告、この二〇年の苦労話、映画撮影秘話。

おいおい！　あの元人型ロボットがクリント・イーストウッドのことを「クリント」って呼んでるし！

さらに驚くべきことに、『硫黄島からの手紙』で共演した裕木奈江さんと二人で、日系人カップルを描いた「White on Rice」というインディーズ映画に主演することになったとか。

インディーズとはいえ、遂に主演までたどり着いたナベちゃん。あっぱれ！　誠に慶賀に堪えないことなれど、「君には向いてない」などと傲慢&おためごかしな上から目線で助言しようと思ってた若造のことが頭を離れず冷や汗をかくばかりでした。

それから現在まで、帰国のタイミングを見計らって二年に一度くらいのペースで飲む、ゆるい交友が続いています。

昨年暮れ、ナベちゃんとかつての演出家Kと酌み交わした折、日本に帰りたいと漏らしたナベちゃん。やはり依然としてアメリカにおける俳優活動は何かと大変なようです。「ダイバーシティ」とか「クレイジーリッチ」てなワードを盛り込みながら、「色々あるだろうけど、もう少し頑張れよ」と、ナベちゃんがアメリカ行きを宣言した夜と同じような無責任さを装って励ました僕とK。
勝手な思い入れは百も承知なので、そうは言わないけど、君は僕らにとって、成しえなかった夢の続きそのものなんだよね。

池澤春菜　ステキな話！
宇垣　（写真を見ながら）渡辺広さん、たしかに仏顔！　渡辺広さんが出ている映画、たぶん我々は絶対観てるはずですよね。それでなにが素敵って、こうなったナベちゃんのことをみなさんが応援していることですよね。
宇多丸　最初は稽古場を借りるという不純な動機だったのにね。スクリーンの中にナベちゃんを見つけて、「頭が理解する前に涙が噴き出しました」のところで僕、本当に泣きそうになっちゃいましたよ……。

池澤　この小劇団にいた人たちはいま、プロにはなってないということですよね。だからこそ、「成しえなかった夢の続き」なんですね。グッと来ちゃいますねぇ。

タイムカプセル

パスオット（男性・四〇歳）

私が一〇歳（小学四年生）のとき、小学校の創立五〇周年記念として、三〇年後の自分に向けて手紙を書き、タイムカプセルに埋めて三〇年後に届けるという行事がありました。

「四〇歳になった自分はどうなっているんだろう？」と思いを馳せつつ書いたことは覚えているのですが、肝心の内容はまったく忘れてしまいました。

昨年、四〇歳になった私の元に三〇年前からの手紙が届きました。

期待していた三〇年後の自分の予想は「どうなっているか想像もつかない」とバッサ

り切り捨て。手紙の大半は三年生から友だちになったOくんとHくんのことについて書かれていました。

Oくんはちょっと怒りっぽいけど楽しい奴だということ、Hくんとスイミングスクールの時間が同じで一緒に通ったこと、三人でファミコンのカセットの貸し借りをよくやったこと。そしてHくんが夏休みに転校してしまいとても悲しかったこと……。

OくんとHくんがいかに大切な友人であるか、三〇年後の私に思い出してと訴えかけるかのような手紙でした。

しかし実際はOくんもこの手紙のあとに転校してしまいそれっきり、Hくんとも年賀状を一度交換したくらいの記憶しかありません。

小学校時代の友人と言われて真っ先に思い出すのは、その後の五、六年生の時に遊んだ友人で、OくんもHくんも思い出優先順位の低い存在でした。

ですが一〇歳の私からの一通の手紙によって、当時の私にとってはOくんとHくんがかけがえのない友人、すばらしき元トモであったということをまざまざ教えられた気分でした。

ネット社会の現代ならもしかすると?と思い検索したところ、Oくんはバーを経営していることがわかりました。別に会ってみたいという気もありません。常連客とのゴルフでにこやかに微笑んでいるフェイスブックの画像、それだけで満足でした。
残念ながらHくんは発見できなかったのですが、Hくんも元気にやっていればいいなと切に願います。

宇多丸　そもそもこの企画を会議に出したとき、「今はもうフェイスブックとかで元トモの消息はわかっちゃうし、なんなら連絡まで取れちゃったりするから、元トモの切なさはだいぶ無くなっているのでは？」みたいな話をしてたんだよね。
でもやっぱり、いまさら連絡とってどうしたいわけでもない、とか、話すことも別にない、みたいな感情は変わらないっていうか。これが元トモの味わい深さですよね。ある意味、元カノより距離感がある存在でもあるんですよね。

お前のことを救いたい

キャノン203（男性・三〇代）

二年くらい前の話です。

私の友人は中学生時代から私の憧れでした。彼は当時からマンガを描くのがうまく、『ドラゴンボール』や当時のアニメの絵が本当に上手でした。私も負けじとマンガ絵勝負でがんばるのですが、彼には到底及びませんでした。そんな私を彼も気にいっていたようです。

そんなこんなで彼とは気が合い、大学入学で別れるまでオタク仲間の親友でした。大学が変わってさすがにしょっちゅう逢うという感じではなかったのですが、連絡は取り合っていました。年に二、三回は遊ぶことがあったくらいです。

ふたりとも大学を卒業し、距離も離れた（東京‐大阪くらいの距離です）ので時々連絡を取り合うくらいの仲になったころでした。何の前触れもなく、彼が突然尋ねてきました。もうひとりは顔を知ってる程度の知人です。

開口一番、彼が「お前のことを救いたい!!」とのたまうのです。「!? ハァ？」私は面食らいました。

当時、彼は学校の教師。私は勤め先を辞めてマンガを投稿しておりました。

彼が言うには私は不幸のドン底で、彼の通っているセミナー（のちに自己啓発セミナーというものを知りました）なら私の悩みを解決できるというのです。涙ながらにそれがどんなに素晴らしいことなのか、延々と語る彼に私は唖然としました。

で、入会費に五〇万、会費に五万かかるというのです。

出せるかー!!（（（（ ﾟДﾟ;））））！

「忙しいし、そんな物にそんな大金払えない」と断ると、入会費は立替えるからとにかく参加しろの一点張り（何故かついてきている知人も涙目）。流石にこれは「あぶない」と思い、ふたりとも「お前に救われるほど落ちぶれてねえわ！！！」とアパートからたたき出しました。

彼は最後まで「お前のことが大切だから応援してる！」とか「最高な自分になれるのに！」とか言って帰っていきました。私は「お前とは縁切りだ！　二度と顔を見せるな!!」と言ったのを覚えています。

大学で何があったんだよ……。

それから十何年経ったときに、不意にコミケで彼に出会いました（超ビビりました！）。その手には彼の描いた同人誌がありましたが、当時の輝きはありませんでした（ヘタになってました）。

私も時間が経ったことだし、関係修復できるかな？と思いましたが、彼はあのセミナーについては良かったことで、今も間違ってなかったとのこと。

私はいいオッサンになってもオタクのままです。今のオタクの趣味に彼が大きく影響を与えてくれたのはたしかです。そういう意味では感謝していますし、いい思い出です。けど、今の彼と友だち付き合いできるかといわれるとちょっと無理だと思い、あれから連絡は取っていませんし、取るつもりもありません。

彼はいまだに教職の身だそうです。ちょっと震えました。

宇多丸　ああ、あるんだろうなぁ……こういうセミナーとか宗教とかネズミ講みたいなやつで、友情が決定的に壊れてしまうというケース。百歩譲って、誘う側は良かれと思ってやっているのだとしても、やっぱり僕はこういう、大元がお金を吸い上げていて、それで友だちや家族の関係に決定的なヒビを入れることすらよしとするようなところが、いい組織なわけないだろ！と怒りを覚えます。後年、彼のマンガが下手になっていた、というところも、月日の取り返しのつかなさを感じさせて、切ない限りですね。

A氏

たいちゃん（男性・三〇代）

僕が

疎遠になった友だちは、中学時代に知り合い約二〇年の交流を持った一馬《かずま》という男です。

一馬とは映画、音楽、笑いのツボが出会った当初から合って、映画では『ターミネーター2』を一四回見に行ったり、音楽ではB'z、チャゲアス、氷室京介のライブを福岡まで毎年見に行き、笑いのツボでは世良公則さんの「銃爪《ひきがね》」の歌いだし（♪あいそづかしの言葉が〜）の部分で必ずふたり同時に笑ってしまうなど、とにかく一緒にいて楽しい男でした。

ところが疎遠になる三年ぐらい前から、一馬に新しい友だちAができました。A氏は一馬の高校時代の友だちで、たまたま久しぶりに会って交流が始まったようなのです。

一馬に新しい友だちができて交流を持つのは全然構わないのですが、僕が一馬に「今度土曜久しぶりにカラオケ行こうぜ」と誘うと、

「Aに聞いてみなきゃわからない」

「Aがダメだと言ったから無理」

など、僕と遊ぶのに必ずA氏の許可が要るという理不尽な状況になりました。

「三人で会おうよ」と言っても断られましたので、このやり取りが一年近く続き、僕はもう彼と距離を置くことに決めました。


数年前、レンタルショップGEOのAVコーナーでばったり会ってしまいました。

とりあえず、久しぶり〜お互いの体型変化〜B'zトーク〜AVトークと新作コーナーの前で話しましたが、お互いぎこちなく正直きつかったです。

まだA氏とは友だち（主従？）関係が続いてるみたいで、僕が別れ際に「久しぶりにまた映画行こうぜ」と勇気を出して言ってみました。

彼の回答は……

「うん、（A氏に）聞いてみてから」

それ以降、現在まで一馬とは会っておらず、電話番号、メールも削除しました。二〇年近くの友情が、ひとりの人間によってあっさり崩れてしまうのはとても残念でなりません。

宇多丸　これは、A氏がとても嫉妬深いということなのかな？　それで支配関係みたいになっていて、一馬さんはA氏に怯えていて……という感じなのかね。A氏とはいったいなんなのか、ふたりの関係が見えない不気味さもある。

いずれにせよ、相手に理解のできない領域ができちゃったときって、「昔と一緒じゃない」という事実をドスンと突きつけられた気がして、どうしても前のようには接することができなくなっちゃいますよね。

一緒に登校するのは途中まで

□だけ将軍（男性）

小学校低学年時代に仲良くなったKとは、学校帰りに互いの家で一緒にテレビゲームをしたり、休みの日にも一緒にプールへ行ったりと、親友と呼べるくらい仲がよく、一時期いわゆるニコイチ状態でした。

しかし、小学五年くらいから転校してきたMという子と僕が仲良くなってしまい、そのMたちを中心とするグループで、Kを仲間はずれにしようというムーブメントが起こってしまいました。

僕はどちらとも仲がよかったのですが、Kがそんな真似をしたら絶対に悲しむと確信していたので、Mグループに「俺はそういういじめみたいのはやめるよ」と言いました。

言いましたが、結局Mたちと一緒にいる時間のほうが長くなってしまい、結果として仲間はずれに加担するかたちになってしまいました。

あとでKの家族から聞きましたが、そのときは非常に悩んでいたそうです。

登校する際は僕がまずKを家まで迎えにいき、その後KとふたりでMグループと合流して学校へ向かうという段取りでしたが、Mグループと合流すると、Kは僕に気をつかって、そこからはひとりで学校に向かって歩いていくようになりました。

小学校を卒業するまで、一応Mグループの待ち合わせ場所までのKとのふたりきりの登校は毎日続きましたが、最後のほうは、なんだか気まずく、僕はKに対して申し訳ない気持ちが溢れていました。

そのまま卒業して疎遠になり、Kは大学に入ってギャル男になり、僕はそれまでリア充でしたが非リア充へと転落しました。

今は社会人になって同窓会などでたまに顔を合わす程度です。

高校生くらいまで「あのとき仲間はずれにしてごめん」とずっと言いたかったけど、今はKも人生楽しんでるっぽいし、思い出したくないかもしれないし、もう言わなくてもいいなって思っています。

宇多丸　僕自身の記憶を振り返っても、小学校高学年くらいが一番、「理由なきシカト」みたいな、イヤ〜な同調圧力が強かった気がしますね。しかし、ねぇ……登校の途中までふたりで行って、別のグループと合流したら離れるっていうのは、小学校らしいっちゃ小学生らしいけど。やっぱり、悲しい話ですよね。

わめきちらすハト

借り暮らしのナヲトッティ（男性・三〇代）

僕の

出身中学は一学年の合計人数が一〇〇人に満たない小さな学校でした。そんな小さな中学校に、三年生の九月という卒業まで半年のタイミングで、帰国子女の転校生M君がやってきました。お節介な性格の僕はそんな彼に声をかけまくり、すぐに仲良くなりました。

別々の高校に進んだ彼と僕でしたが、定期的に連絡を取り続けていました。そしてなんと僕らは進学した大学が一緒で、彼の一人暮らし先に泊まりに行ったりして旧交を温めていました。

そんなM君はとても変わったやつで、

・高校の廊下にミニ四駆のサーキットを常設して仲間とレースに明け暮れる

・公園でハトを捕まえ、わめきちらすハトを抱えたまま山手線に乗って家に連れ帰り、ペットにする

・ハトが病原菌を媒介したのか、ハトを捕まえてからしばらく高熱にうなされる

・ネコとハトを一緒に飼っていたらネコがハトを殺してしまう

・公園のベンチで寝ていたらホームレスの方に声をかけられ、ホームレスの家に泊めてもらう

・ホームレスと公園で将棋を指していたところ、相手の小指がないことに気付く。M君の視線を察したホームレスは「君も負けたらこうだよ」と本気とも冗談ともつかぬ恐怖の発言……負けられないと思った彼は、数十手先まで完璧に読み切って無事勝利する

などなど、彼の珍エピソードは枚挙に暇がありません。

変わり者ではありますが人間的にとても魅力のあるやつで、一人旅をしていて出会ったアパレル会社の社長から「大学を卒業したらウチで働けよ！」と言われたり、恋人が途切れることがなかったり、人を惹きつける何かを持ったやつでした。

大学卒業後はアルバイト時代の人脈を活かし、紆余曲折を経て某出版社でマンガ編集の仕事に就いたと本人から聞きましたが、それも五年以上前の話なので、今の彼がどこで何をしているのかは皆目見当もつきません。SNSにまったく浮上しない人間であるため、その足跡がつかめないのです。

今年結婚式を挙げるので是非二次会に彼を呼びたい気持ちもあるのですが、僕が知っている彼のラインアカウントが果たして今も使われているものなのかもわからず、はじめの一歩を踏み出す勇気が湧かずにいます。

宇多丸　「わめきちらすハト」って！　でも、大学までこんなに仲良かったのに、それが途切れちゃうことってあるんだね。

宇垣　それこそ就職を機に途切れて、会えなくなる人ってけっこう多いみたいですよ。連絡しないと会えないので。

宇多丸　それにしても、これだけの珍エピソードの数々を持つM君が、SNSに浮上しないというのも……。

宇垣　でも、案外そういうものかもしれない。働き出したら途端にこういうことしなくなる人っているでしょうし。

宇多丸　学生時代の破天荒を保っているとも限らないもんね。でも、ラインのアカウントはわかるんだから、思い切って連絡ぐらいすればいいのにねぇ。というのも含め、すごく今どきっぽい話ではある。

（放送から二週間後）

宇垣　「借り暮らしのナヲトッティ」さんから、続報が入っています。「投稿が読まれた翌日、M君からラインが来ました。彼の高校の友人が、「これ、君じゃない?」と連絡してくれたらしく、ラジオを聴いたM君から連絡が入ったのです。とくに喧嘩別れをしたわけではないので、そのままぽんぽんと話が進み、結婚式の二次会に来てくれる運びとなりました。それもこれも、このラジオのおかげです。元トモの奇跡！　本当にどうもありがとうございます。ラジオって、本当に素敵ですね」

宇多丸　よかったー！　お役に立てたわけね。うれしいね。実際のラインのやりとりの様子が出ておりまして、「ラジオ聴いたよ、結婚おめでとう」「まじかよ、恥ずかしいわ」「高校の友だちがラインで教えてくれたよ」「勢いで言うわ、二次会来てよ」

宇垣 「ラジオ聴いたよ、結婚おめでとう」の前が、二〇一六年の一二月ですよ（編注：二〇一九年四月一六日放送）。しかも、「来週の日曜日、暇してない？」ですよ。返信するの、勇気いるわ。

宇多丸 ちょっと途切れた感じになっちゃってんだ。

宇垣 M君はM君で、あ、返信するの忘れてたと。

宇多丸 気まずさの累積がね。

宇垣 どんどん疎遠への道を走っていってしまったわけですよ。

宇多丸 なるほどね、いやいやいや、でもお役に立ててよかったですよ！

宇垣 こういうこともあるんですね。悲しいことばっかりでもないわけですよ。

わかれてしまった道

テイテイ（男性）

中学のクラスメイトのAくんとBくんとは、お笑い好きがこうじてよく三人で集まっては、自分たちのコントや漫才をBくんが持っていたビデオカメラで撮影し、どこに出すわけでもなく、小さなモニターで見返してはゲラゲラ笑ってました。

そのまま同じ高校に行き、文化祭などの行事があれば三人でネタを考え、コントや漫才をし、校内では「お笑いといえばこいつら」のような存在になってました。

そのあと僕はデザイン系の学校に、Aくんは親の会社に入り、ビデオカメラが好きだったBくんは放送業界に入りました。

それから十数年たち、僕はデザインの道から飲食店に鞍替《くらが》えをし、とあるお客さんから「君面白いから司会とかやってみない？」と言われ、ネット配信の番組のMCをすることになりました。

それから三年ほどズブの素人の僕が人前で話すなかで、まだまだ力不足なもののなんとか進行ができるほどにはなりました。

そんなときにBくんから、結婚式で余興をしてくれないかという連絡が。Bくんは少しずつですが自分の番組を持ちだして、いろんなしがらみのなかで、やりたいことと求められていることの狭間で、ふと三人でつくったあのビデオのことを思い出すそうです。

自分の結婚式で、またその三人で漫才をして、あの頃の気持ちを取り戻したいという熱い思いが電話から伝わりました。Aくんにも連絡すると、大喜びでBの結婚を盛り上げようと意気込んでいました。

台本を僕が書き、AとBに送り、それぞれ電話でネタ合わせし、当日もギリギリまで練習しました。

式も半ばになりいよいよトリオ漫才の本番。

僕とAは祭壇のBを呼び込むかたちからの漫才スタート。

Aはつかみのボケのはずが、何も言わず呆然と立ち尽くす。顔を見ると大粒の汗がぽたりぽたり。

緊張のあまり台本が飛んでしまったようです。

なんとかその場をBと取り繕い、ことなきを得たかのように思ったのですが、Aは最後の最後まで顔をこわばらせ、言葉を発しませんでした。

Aくんは席に戻るとポツリ。「俺は仕事一筋でやってきたから……。お前らみたいに遊んできてないから」と。彼の悔しさから出た言葉とわかったので、僕は何も言わずにただ黙ってました。

それから何度か僕からAくんに連絡してみたんですが、以降返信はなかったです。また三人で、iPhoneで撮ったおっさんのたわいもない映像であのころのように笑いたいです。

宇垣　アイタタタ……これはいたいよ〜！　Aくんの気持ちもわかるだけに、一層つらい。

宇多丸　プロを目指していたわけではないけれど、気づくと三人、全然違う方向を向いていた、と。本番ではひとことも言えなかったAくんの負け惜しみがまた、苦みを増してる。

宇垣　「言えなかった、テヘッ☆」で良かったのに。

宇多丸　Aくん的にも、いざはじまってみたら、思った以上に「あ、こんなに距離あるんだ」と悟ってしまって、一気に心が折れてしまったのかもしれないですよね。

宇多丸&宇垣　……アイタタタ〜……。

高校デビュー

毛糸の時計（女性・三〇歳）

わたしの思い出す今は疎遠となってしまった友だち（元トモ）は、中学校のころ仲の良かった男子です。

中学二年生のときに、同じクラスで席替えをしても、なぜかよく隣の席になるので自然と仲良くなりました。小学校は違ったのですが、家が近く、家にも遊びに行く仲になり、その男友だちのお母さんと妹とまで仲良くなる関係になりました。

疎遠となってしまったのは高校に入ったころです。

高校は別々の高校だったのですが、その男友だちは、俗に言う高校デビューに成功し、高校に入ったら、驚くほどモテはじめたのです。そして私がその男友だちと仲良かったという理由で、女どもが私に寄ってきては色々、その男友だちのことを聞いてくるという日々が続いていました。

それに嫌気がさし、疎遠となってしまったのです。でも今思うと、私はその男友だちに対して少なからず恋愛感情があったんじゃないかなと思います。

今年で三〇歳なのですが、ふと、その男友だちのことを思い出して友だちに「〇〇くん（その男友だち）結婚したかな？」と聞いたら、「え？　誰だっけ？」と言われました。

人間の記憶なんて、そんなものだな〜と思ったのでした。

宇多丸　男友だち自体のパーソナリティが変わったというわけじゃなく、高校デビューした彼の環境が変わってしまったことで、ふたりの友情にヒビが入ってしまったという。ほろ苦くもあり、ちょっと甘酸っぱい話でもありますね。

何かイヤな予感がする

ムイちゃん（女性・二七歳）

現在

わたくし二七歳、この歳になると元トモからの連絡が急に増えてきます。

そう、ヤツらからの突然の連絡とは結婚式の招待です。

一年に一回の年賀状もやり取りしていなければ、学校を卒業以来一度も会っていない。むしろ当時もそんなに仲良かったっけ？　そんな、お互いかろうじて携帯にメールアドレスだけが残っているというような立派な元トモからの結婚式の招待と言えば、頭に浮かんでしまうことはただひとつ、ご祝儀要員です。

ご祝儀要員ではなく、友人として人生の門出を祝うのであれば、最低限一年に一回くらいは連絡をとって、お前のことを忘れていないよアピールをしてほしい。

一〇年ぶりのメールが、突然の結婚式の招待。

すっかり過去の思い出になってしまった人の結婚式へ行き、過去から現在までの空白を埋められるほど歳月は生易しいものではないと思うのです。

こうして何人かの元トモに結婚式に招待されるなか、高校時代に同じ部活に所属していたある元トモからも招待されました。

当時、音楽系の部活に所属していた私は彼女と楽器もパートも同じで、同じパートのメンバーとともに部活帰りなどによく遊んでいました。

部活で部長も務めていた彼女の性格はよく言えばマイペース、悪く言えばズボラ。

五〇〇円の所持金しかないのにご飯を食べに行こうと提案し、自分は五〇〇円以上のものを注文して食べ、あとで必ず返すからと自分の分までみんなに払わせたりすることや、集合時間には必ず二〇分以上遅刻し、しかも遅刻の連絡も入れず、こちらから連絡しようにも電話に出ないなどということがしばしばありました。

少ないお小遣いから貸したお金を返してもらおうとしても、

「ああ、ごめん、今日もお金がない」

「今度ね、今度、必ず返すから」

とのらりくらりとかわされ、ついには回収できないままでした。

そんな彼女と性格の違いが決定的になったのは、大学に入学した年の夏休み。地方の大学に進学した彼女が夏休みに帰省し、そのタイミングでみんなで会おうということになったのです。

ちょうどその日の予報は台風で、前日に、

「台風みたいだけどどうする？　当日の大まかなプランを考えておかないと移動とか大変なんじゃない？」

と彼女にメールすると、彼女から、

「考えない、考えない。のんびり。ゆっくり」

という返信があり、オビ＝ワンばりに何かイヤな予感がすると思っていました。

当日、イヤな予感は見事的中。私たちはノープランのもとひたすら六時間近くサンシャインの周辺を台風のなかさまよい続け、座れたときといえば昼食の「○亀製麺」と「トイ○らス」のキッズコンピュータの前に置かれた小さな椅子に座っておもちゃをいじっていたときだけでした。

何かをするわけでもなく、見るわけでもなく、お互いの近況を話すわけでもなく、ただ雨のなか風のなか、ブラブラする。彼女はどう思ったかわかりませんが、私にとって楽しい時間とは思えませんでした。
それ以来、彼女とはあまり進んで会う気がしなくなり、また、地元と彼女の大学の距離もあったこともあり、疎遠になっていきました。

こうして一〇年近くも連絡をとらなかったのにもかかわらず、突然来た結婚式の招待のメールにはこのように書かれていました。

「久しぶりー。最近全然会っていないけど、元気にしてる？　部活の同窓会にも来なかったみたいだし、とても会いたいよ！　もしかして過去に何か私が気分を悪くするようなことしちゃったのかな？　それなら結婚式に来てくれたら、謝るよ。なので来てね！」

たしかに同窓会に出席しなかったのは、彼女に会いたくないという理由もありました。度重なる借金も遅刻も性格の違いも忘れ、理由もよくわからないけど、結婚式に来てくれたらとりあえず謝るという彼女に、私はこのまま元トモのままでいたいと思い、招待を謹んで辞退させていただいたのでした。

—— **宇多丸**　ちょっと胸にトゲが残るような話。全然ハートウォーミングな着地 ——

じゃなかった。

駒木根隆介　でも僕は、積極的にもう一度会いに行ってみるのも良いんじゃないかと思いますね。

こういう人っているじゃないですか？　奔放で自由で、どこまでこっちのことを考えてるかわからないけど、たまにこういうメール送ってきたりする。オレは小さい人間なんで、こういう人を見ると、オレのほうが人生損しちゃってるような気がしちゃうんですよ。オレもこういう風に生きられたらいいのかなって……。

宇多丸　羨ましさも感じる？

駒木根　ええ。さらに言えば、実は案外、向こうもこっち側のことを羨ましいと思ってたりして。

宇多丸　ちょっと引け目を感じているのかもしれないよね。「ムイちゃんみたいにちゃんとできないことがずっとコンプレックスだったの……」みたいな。

それに、一〇年も経ってるし、多少大人になっているからこそその詫びかもしれない。ひょっとすると、もともとそこまで天然の無神経じゃなかったのかもしれないし。

駒木根　そうなんですよ。

宇多丸　ムイちゃんも、僕らから見るとまだ二七歳で若いからさ。これからまだ再会のチャンスとかもあるかもしれないよ。

駒木根　そうですね。三〇も半ばくらいを超えてくるとだいぶ変わるんじゃないですかね。

宇多丸　お互い人生が引き返せないところまで行ってみると、意外と許せることも増えていくもんね。

再会の「今夜はブギー・バック」

ダークディクラーの息子
（男性・三〇代）

J君は入学してから席が近くて最初に仲良くなった友だちで、毎日一緒に登下校したり、一緒に初めてのAV（裏だった）を見たり、休みの日もほぼどちらかの家に遊びに行くほどの仲でした。

僕の地元は地方でもかなりのど田舎の地域で、当時好きだったスチャダラパーのことを同級生の誰も知らず歯がゆい思いをしていましたが、J君だけは同じくスチャダラが好きで、放課後よく帰り道の河川敷で「今夜はブギー・バック」のラップの掛け合いをしたりして遊んでいました。

都会だとそれからふたりでヒップホップに傾倒して「グループを組もうぜ！」みたい

な展開もありえるのかもしれませんが、いかんせんど田舎だったため、ヒップホップ自体の情報や知識を得る術がマジで何もなく、ただふたりで遊んだときは恒例行事のように掛け合いラップをする程度。

しかし、二年生に進級しJ君とは別のクラスに。僕もJ君もクラスで新しい友だちができ、以前より遊んだりする頻度は減ったものの関係性はそれほど変わらず、相変わらずラップ遊びもしていました。

その年の夏休みに、僕はスチャダラの新曲の「サマージャム'95」を聞いて衝撃を受け、「この曲やばい！　J君とこれのラップやりたい！」と、いても立ってもいられぬ気持ちでしたが、その年の夏休みは離れた祖母の家で過ごしたため会えず、学校が始まってからCDを持って一目散にJ君のもとに向かいました。

「J君！　サマージャム聞いた？　すごくね!?　これ覚えようぜ！」と鼻息荒く語りかける僕とは裏腹に、J君は浮かぬ顔……。というかよく見るとJ君の眉毛がないではありませんか！　彼は夏休みのあいだに完全にヤンキーの仲間入りをしていたようです。

「俺、もうそういうのいいから」と告げられた私は、裏切られたような失望感と憤りでその場を無言で離れその後は完全に疎遠に。高校も違う学校に進学し、どこで何をしてるのかまったくわからない状態が続いていました。

しかし、この春私の職場になんと偶然J君が中途入社で入ってきました。上司に紹介されるまでお互いまったく知らなかったため激しく驚きました。

さすがに見た目も物腰も落ち着いていましたが、お互いになんとなく話しかけるのが気まずく、仕事以外はほとんど話すことは有りません。

「これ、ひょっとしてこの元トモ関係がずっと続くのでは……?」先日の特集を聞いたあと、ずっと胃の辺りに鉛のような思いを抱いていました。

ある日、職場でJ君の歓迎会を兼ねた飲み会が開かれることになりました。飲み会の席で思い切って話しかけてみましたが酒が入ってもギクシャクは消えず、何となく憂鬱な気分で二次会のカラオケへ。

ぼーっとしながら焼酎を煽っていると突然「今夜はブギー・バック」のイントロが。おもむろにJ君がマイクを差し出し、「一緒に歌おうよ」。

僕は驚きましたが、折角のJ君の気持ちに応えるためふたりで歌うことに。しかも中学のときふたりで遊んでたまんまの、息の合った掛け合いラップでふたりで大盛り上がり。

それからはお互い突然、中学当時に時計が巻き戻ったかのように思い出話や音楽やA

Vの話が止まらなくなりました。「あのときはひどい態度取ってゴメン」とJ君も気にしてたみたいでわざわざ謝ってくれて一切のわだかまりが消え、すっかり中学一年生のふたりの関係性に戻ることができました。

J君には家族もでき、中学当時ほど遊んだりするのは難しいですが、折角の偶然の出会いを大事にし、今後はまた疎遠になったりしないようにしたいです。

そして今度は「サマージャム」をカラオケで歌いたいです。

宇多丸　この「今夜はブギー・バック」（スチャダラパー&小沢健二、一九九四年）のくだりはちょっとできすぎなぐらい……これは泣いちゃうよ！　しかも、あの曲の歌詞は「♪その頃のぼくらと言ったら〜」ってちょっとノスタルジーも入っているから、ぴったりじゃない？

駒木根　オレ、この「ダークディクラーの息子」さんと大体同年代くらいですね。ありましたよ、似たようなことが。ちょうど「DA.YO.NE.」（EAST END × 《プラス》YURI、一九九四年）とか「Grateful Days」（Dragon Ash feat. Aco, Zeebra、一九九九年）とか、あの時代だったんですけど。

宇多丸　じゃあ、自分でもラップやってみたりとか？

駒木根　二〇歳前から関係が悪くなって疎遠だった同級生と、成人式のあとに久々に会ったんですよ。そいつとは、当時イジメられてたとまでは言わないまでも、雰囲気が悪くなることがあって離れちゃってたんですけど、そのことを謝られて、一緒にカラオケ行って歌ったりしました。

宇多丸　まさにこの話じゃん！　やっぱり音楽が介するといいね。

あとこれ、僕がこの話を読みながら実は恐れていたのは、一緒にスチャダラパー聴いて仲良かった友だちが、再会したら完全に「さんピンＣＡＭＰ」派になっていて、話の通じないハーコー野郎になっていた、みたいなオチだったら気まずいなって。そうじゃなくてよかった！（編注：一九九〇年代後半の日本のヒップホップ・シーンは、スチャダラパーを筆頭とするＬＢネイション派と、ライムスターやキングギドラ、BUDDHA BRANDといったハードコア・ラップ勢とで人気を二分していた）

バイトの店員VS客

たれたれ（男性・二一歳）

大学生にとって、新入生歓迎会a.k.a.「SHIN-KAN」というのは友だちをつくる絶好のチャンスであり、同時に大量の「元トモ」を生産してしまう魔の行事でもあります。

うちの大学にふたつあった軽音楽サークルのうち、ひとつのサークル（仮にAとします）の新歓で彼女と出会い、はじめのうちはラインをしたり校内で会ったら話したりするような仲だったのですが、結局僕はもうひとつのサークル（B）に入部することになり、すれちがうときの会話が「うぃっす」という挨拶になり……最終的にはすれちがっても挨拶すらしない関係に。

極め付けに彼女は僕の家の近所のコンビニでバイトを始めたのですが、そこでも完全に「バイトの店員VS客」という関係性で、「元トモ」特有の気まずさはＭＡＸに達していました。

そんな生活が二年ほど続いたのち、サークルＡにいた友だちがふと「オリジナルバンドやらね？」と声をかけてくれたので、喜んで引き受けることに。ほかのメンバーも彼が声をかけて集めていたようで、僕はほかのメンバーのことはあまり知らないまま初めての練習へ。

そしたらなんと！　その「元トモ」がボーカルだったのです！　びっくりやら気まずいやら。この気まずさは向こうも感じていたようで、最初のほうは練習帰りの電車でふたりきりになると気まずい沈黙が流れていたのですが、いやでも週に一、二回は顔を合わせるうちに徐々にお互い話すようになり、しまいには最初よりも仲良しになっていました。

バンドとしてのグルーヴもばっちりだったと思います。メンバーの留学などのため一年ほどでこのバンドとしての活動は終わってしまったのですが、今では立派な「今トモ」になったと思います。

彼女が帰ってきたらまたみんなでワイワイやりたいですね。……さもなくば、また再び「元トモ」に元通り？　そんなのはさみしいです。

宇多丸　コンビニのレジ挟んで対面してたら、いいかげん話せよ！とは思うけど。

でもまぁ、それくらい元トモというものの気まずさは、元カノ以上のものがあるのかもしれない、という味わい深いメールでございました。

ショコラ

アジフライ准将（男性）

私は高校生のころ、とある対戦ゲームにハマっておりました。まわりには相手がおらず、オンライン対戦もないころだったので、インターネット上で仲間を集めてオフ会を開催しておりました。

そんななか、出会ったのがN君でした。

第一印象は最悪でした。というのも、ネット上での彼は、かなりキャピっとした女性の口調で、私に好意的に接してきました。

オフ会当日、少なくない期待を抱きながら待ち合わせ場所にいくと、そこにいたのは、迷彩服にアタッシュケースを持ったビル・パクストン似（二〇歳）。「どうもショコラ

（ハンドルネーム）です」と自己紹介する彼に、ゲンナリを通り越して怒りすら覚えました。

しかし、話してみるとたちまち意気投合。週に二度は必ず会って遊ぶ仲になりました。朝まで対戦したり、戦略について語り合ったり、ときにはヒートアップしてガチで喧嘩をしたりもしました。周囲の友人が「ゲームなんてガキがやるもの」と言って、恋愛、バイトなどリア充的嗜好に流れ始めるなかで、ゲームにこんなに真っ向から一緒にぶつかってくれたのは彼だけでした。

このゲーム極めるまでは何があってもやり続けようぜ！と誓いあっていました。

大学三年になったある日、N君が神妙な顔つきで「相談したい」と言ってきました。話を聞くと「自分はどうやら性同一性障害だ」というのです（体は男性だが心は女性、というやつです）。

ホモソーシャル的な熱い言動や迷彩服などのセンスは、すべてN君が内に秘めている女性的な欲望を異常なものとして打ち消すため意識して男性に寄せた結果であり、本当は可愛い服を着たり女性的な言動をしたりしたいと言うのです。

ネット上でのキャラこそが、彼の本当の姿だったというわけです。かなり戸惑いなががらも、これまでの彼の苦悩を聞いた私は「どちらで生きるにしても応援するよ。友だちだろ」と言いました。N君はとても喜んでいました。

それからN君は化粧を覚え、ウィッグをかぶり、女性として生きはじめました。はじめは本気で応援してましたが、ここである問題が。

彼の「女性観」はいわゆる「アニメ漫画ではよくいるけど実際にいたら痛々しい女性」だったのです。何度か指摘しましたが、彼は「ふにゅう～今まで我慢してきたんだもん！」とそれを聞き入れませんでした。

以前の姿が脳裏にやきついていることもあり、N君が「彼らしさ」を追求すればするほど、ふたりで行動するのが億劫になっていました。

大学四年、私は就職活動や、今の妻との出会いなどでゲームに没頭することも少なくなり、相対的に彼との時間は少なくなっていきました。

大学卒業間際の冬、久しぶりに飲もうと誘われてふたりで新宿で会いました。

そこで事件は起きたのです。

私はかなり酔いが回って、将来への不安から愚痴ばかり言ってたと思います。すると、N君が唐突にいいました。

君。

「好きだよ」

「は？」と顔をあげる私に急にキスをしてくるN君。あ然とする私。さらに続けるN君。

私が「彼女にしたい！」と言っていたアニメキャラの言動を完コピしたこと、髪型も私の好みにしたこと、そして最後にこう言いました。

「私が女の子として生きようと決められたのは君のおかげだよ。前に言ってくれたこと、ずっと忘れないよ。「お前が女だったら嫁にもらってる」って。ゲームをあまりやらなくなって寂しいけど、これからは彼女として会ってください」

私の高校卒業祝いで初めて一緒に居酒屋に行き、朝まで飲んだ帰り、N君に「お前に出会ってから毎日が楽しいよ。本当にありがとう！」と言われ感激した私は「俺もだよ！　お前が女だったら嫁にもらってるな（笑）」と返し、空の白い新宿で肩を組みながら歩いたこと。

私にとっても最高の思い出です。しかし彼にとってはまた違う景色だったのかもしれません。でも彼が拠り所にしているその言動は、すべて彼にとってはかりそめのN君に向けたものなんです。今となっては、すべてウソになってしまっているのです。

私は「ごめんもう無理。っていうか彼女持ちにいきなりキスするのはどうかと思うよ」と言って足早に店を出ました。
これ以上、彼との思い出があとづけで嘘になっていくのには耐えられませんでした。
この日以来、彼とは連絡をとっていません。
N君、どうかいい女になって幸せになってください。

宇多丸&宇垣　いやあ～……（絶句）……。
宇多丸　……これは誰も悪くないです。ひとつだけ言えるとしたら、「ここに出てくるみんなの人生に、幸あれ！」。すべての元トモエピソードに通じることだけど。
宇垣　N君には、ただただ幸せでいてほしい……もうそれだけ……。おだやかな日常を送っているといいですね。
宇多丸　N君と出会ってからのアジフライ准将の振る舞いにおかしいところはないし、友だちとして付き合って、友だちとして励ます、という気持ちだったんでしょう。気持ちが離れちゃったこともしょうがないし、彼女の気持ちに応えられないというのも、しょうがない。
宇垣　「応援する」って言ってもらえたことが、N君にはすごい支えだったたのも違いないし。

宇多丸　「お前が女だったら嫁にもらってる」という軽口が、あとでこんな意味を持つとはね……（溜息）。

宇垣　これ男女間の友情関係でも起こることでもありますよね。「三〇歳までお互い結婚しなかったら」なんてね。それにしても、これは……。

宇多丸&宇垣　ねぇ……（溜息）……。

夢に出てくるのは……

風都の切り札（男性・二二歳）

私にはかつて常に一緒に遊ぶ友人たちがいました。小学校高学年から中学校、学校が変わった高校生になってもゲームやスポーツ、無意味な遠出や無計画に服を着たまま川に入るなど、とにかく一緒に遊んでいました。

そんなときを過ごしながら私は「きっとずっと友人で居られるのだろうな」と、その時間とこれからできるであろう思い出を考えながら楽しく過ごしていました。

しかし、高校生活も数カ月過ぎたときに私はのちに大親友となる人物と出会いました。彼とは趣味嗜好もまったく違うのになぜか気の合う仲で今でも付き合いのある唯一無二の友人です。そんな彼と出会って以降、小学校からの友人たちと会ったときになんとも言えない違和感を覚えるようになりました。

「楽しいはずなのに楽しくない。自分は彼らとは違う世界の人間である気がする」などと彼らと友人であることに疑問を感じるようになりました。


いろいろ考えた末に私は、彼らの連絡先を消したわけではありませんが、当時入っていたライングループはすべて退会し、彼らと距離を置くようになりました。

それ以降は高校から出会った友人と楽しく過ごしていたため、いつしか彼らについて考えなくなりました。別に距離を置いて以降に会ってないわけではありません。近況も知っていますし、普通に会話もします。

しかしあのときの違和感はいまだに消えません。もう彼らを友人と呼ぶことには私自身抵抗があります。彼らが私をどう思っているかはわかりません。私は本当の友人を見つけ、今の友人関係に特に不満はありません。正直、彼らへの関心もなくなっています。

しかし私の夢に登場するのは今の親友ではなくかつての友人たちばかりなのです。そこで見る夢はかつてつくりたいと願っていた彼らとの思い出ばかりです。

私は本当は、彼らと友だちでいたかったのでしょうか？

宇垣　わからないでもないですね、これ。
しまおまほ　若い方なので、また道が交わることもありそうですけどね。
宇垣　小中の友だちと高校の友だちって、圧倒的に違いますもんね。前者はただその地域に住んでいたってだけで集められてるから。
矢部太郎　席がまえうしろだったから、だけですもんね。
しまお　家が近いだけで仲良かったり。
宇多丸　僕もそうでしたけど、引っ越したり、私立行ったりすると、もう疎遠一直線ですよ。あと、新しい友だちができると、その輝きのあまり、前の友だちが色褪せて見えることもありますよね。急に彼らが話すことが幼稚に思えたりさ……ひどい話に聞こえるけども。
しまお　趣味の話になると、高校からの友だちの方が深いつながりができますからね。
宇多丸　「無計画に服を着たまま川に入」ってウヒャウヒャすることを卒業する時期が来るんだよ、誰でも。そして大人になって、「かつてつくりたいと願っていた彼らとの思い出」ばかりを夢に見るという……。なんだか短編小説のように切ないね。

大学六年生

手持ち豚さん（男性・二〇代）

私にはまさに今、元トモになりそうな友人Tがいます。

Tとは高校三年間同じクラス同じ部活。進学した大学も学部も入るサークルも同じで、上京した下宿先も隣の部屋同士で、他人から見ると気持ちの悪いくらいの仲良しコンビでした。

大学四年間が終わった時点で、ココでもふたりとも仲良く留年。私はこのままではよくないと学生生活に区切りをつけ、昨年から地元に帰り少し堅い職業に就職。

一方のTと言えば、そのままいまだにロクに授業にも出ずにバイトしたことすらない、酒とタバコとゲームと女に溺れた怠惰な大学生活を続け、この春で宇多丸さんも経験した大学六年生に。

それまでは授業で会って、サークルで会って、一緒に夜の街に飲みに出て明け方に「帰りたくない！」となって、ファミレスでブレックファーストタイムしたり朝までやってる居酒屋で飲み直したり。

何をするのもふたりが一番楽しい。そんなふたりでしたが、ちょうど私が中退を決意する少し前の一年半程前から一緒に飲むと微妙な違和感を覚えるようになり、心のどこかでTとふたりきりになるのを避けたいという思いが出てくるようになりました。

Tも私に対する違和感があるようで、ふたりとも参加した先日のサークルのOBが集まる飲み会で、今までは中座することなどありえなかった彼が、お開きの前に帰るという事態に。

恐らく、この違和感は私が中退を選んだ理由である「堕落した学生を引きずりたくない」の「堕落した学生」を彼が地で行っているということが原因だと思います。

そして「オイ！　何やってるんだ！　私はお前が心配なんだ！」という気持ちがなかなか伝えられないもどかしさも違和感を生んでいるのかもしれません（一番の原因は仲良くなりすぎたことかも）。

心のどこかの「違和感」と、地元に戻った私と東京に残ったTとの「距離」がこのままふたりを「元トモ」にしてしまうのでしょうか。

宇多丸　これ、Tのダメ人間ぶりが、まさにかつての僕そのものなので胸が痛い……。Tからしてみたら、手持ち豚さんのこと、「自分だけそういう安全ルート行くわけ？」みたいに思ってるところがあったと思います。ホントにダメなのはもちろんTのほうなんだけどさ。

僕が大学六年でTの状態だったときは、一番荒れてる時期でした。中華料理屋で餃子とビールでべろべろになるまで飲んで、夜中に近所の小さい神社で鈴をガラガラ鳴らして、公園でブランコに乗って落っこちたりしてさ。

だから、T自体の人生が安定してきたら、また大人になって関係が元に戻るということはあるかもしれない。でも、この時期に「正しさ」で説教されても、なかなか向き合えないものなんですよ、それは。逆に言えば、いま、距離が置けるということは、ふたりにとっていいことなのかもしれないしね。

さらば青春の光

BONPEE（男性・三〇代）

彼、Sさんとの出会いは大学。彼はひとつ上のサークルの先輩でした。先輩もいるなか、二年で部長を務めるSさんは堂本光一似のイケメン。OL向けのアパレルショップでバリバリ働く一方でアニメや漫画やゲームを愛し、ボンクラな僕らと仕事終わりに合流すると友人宅で泊まってまた学校へ行くというように、週のほとんどをともに過ごすという、人として非の打ち所がない人物でした。

僕が二三時すぎに泥酔して迎えを頼んだときなど、わざわざ電車で来てくれて自宅に泊めてくれました。そんな、嫉妬もしないほどできたSさんには、不思議なことに高校から大学三年の後半ごろまで彼女がいなかったようです。僕らにゲイ疑惑があるほどでした。

山に廃墟の村がある、車で九州一周旅行しよう、二四時間耐久ＢＢＱ。いつだって彼が中心となっていたあの大学生活はかけがえのない僕らの思い出になっています。


卒業後、優秀だった彼は東大の院生となり、僕が数年社会に出て働いていたころ。ある日誘われて食事に行った際、「会社をつくるので一緒にやらないか」と誘われました。東日本大震災のあと、大学ＮＰＯで震災支援を行っていたＳさんは、そこで得た知識をもとに会社を始めるというのです。

正直仕事に飽きていた僕はふたつ返事で了承。あのころの大学生活に思いを馳せて、またあんな面白おかしく生きられるのだなと楽しみにしておりました。

そう、以前より離れがたい関係というのは、社長と部下という関係なのです。

最初の二年くらいは、休みの日にどこかに遊びに行ったりして楽しく過ごしておりましたが、段々と彼の色んな部分に違和感を覚えるようになってきました。

彼は物事に非常にルーズなのです。学生時代は時間に遅れるくらい笑い話でしたが会社では全然笑えません。確認をお願いしたものを確認しない、出発すると言った時間から準備を始める。申請をお願いしたものを申請していないなど……。

社内ならまだいいでしょう。でも人とのアポでも頻発するのです。社長が集合場所におらず、平謝りをして待っていただいたことも何度もあります。

会社がそこまでうまくいってないのも原因なのでしょう。

現在四人の僕ら（全員共通の大学の友人）の食い扶持くらいは稼げているのですが、犯罪ではないですが、正直あまり胸を張れるような稼ぎ方ではないのです。

もっと真っ当なビジネスをしようとやんわり伝えても社会から還元してもらっているだけだとうそぶく彼。彼が僕らを大事に思い、いろんなところから資金を調達し、新たなビジネスを展開しようとしているのはわかります。でもそのつど相手を下に見るようなことを言うのです。

その排他的な姿勢を見るたび、非常に複雑な気持ちになるのです。

今では休日に一緒に行動することはほとんどなくなりました。Sさんが休日もなしに飛び回っているのもあるのでしょうが、自分から誘う気はほとんどありません。

別に嫌いになったわけではないのです。ただあのときはまぶしく遥か高みの憧れの人に見えたSさんが、憧れの対象ではなくなってしまったのです。

あの日クールだったSさんはもう僕の中には見当たらないのです。

宇多丸　はあ〜……（溜息）。これはほとんど『さらば青春の光』ですね（フランク・ロッダム監督、一九七九年）。

主人公が、スティング演じるカリスマ的な先輩に憧れているんだけど、その先輩も実は……みたいな苦い現実を目の当たりにしてしまう。だからこれってある種、世界的によくある普遍的な話なんですよね。

学生時代はめちゃくちゃイケてるように見えていたSさんも、仕事となると別、というのも責められない話で。だから、ただただ切ないんです。

美人のUちゃん

幸宏のエアドラム（女性・四九歳）

私には中高での親友「Uちゃん」がいました。ふたりともYMOの大ファンで、よくYMOの曲を口パクで演奏しました。

Uちゃんは、同性の私から見てもかなりの美人でとてもモテました。Uちゃんにとっては同級生の男なんてガキすぎて全く対象外だったのでしょう、高校生の時は大学生と付き合っていました。というか、Uちゃんは、黙っていてもどんどん男が寄ってくるのです。それくらい、艶《つや》っぽいオンナだったのです。

卒業後はそれぞれ別の大学に進学しましたが、しょっちゅう一緒にディスコに行っていたし、二〇歳ごろまでは仲良く遊んでいました。

ところがある日のこと、Uちゃんが実家を出てひとり暮らしをしていることがわかりました。しかも、都心部の高そうなマンションです。

「学生なのに、なんでそんなところに住めるんだろう？」

不思議に思った私がいろいろ聞いてみると、どうやらUちゃんはかなり年上の男性の愛人になっていたのです。ショックでした。

「ＢＭＷを買ってもらった」

「免許のお金も出してもらった」

と続く、男からの貢ぎ物の話。当時はバブルの真っ只中。よくある話です。

Uちゃんほどの美人なら、愛人にしたいというオッサンがいるのもわかります。でも、「月々のお手当をもらって生活している」と聞いたときには、私にはUちゃんがとても遠くに行ってしまったような気がしました。

当時の私は「大学を出たら、男どもに負けないくらいバリバリ働いて自分の足で立ってみせる！」と息巻く女子大生でした。ちょうど男女雇用機会均等法が施行された頃です。

「男から金をもらって生活するなんて……」

Uちゃんのことを正直、軽蔑してしまう自分がいました。それ以来、Uちゃんとはどんどん疎遠になりました。

その後、風の便りにシングルマザーになったと聞きましたが、そのときすでに私から連絡を取る方法はなくなっていました。

なんせ携帯とかなかった時代ですから。

私が就職、結婚して故郷を離れた今は、どこでどうしているのかもまったくわかりません。四〇代後半になった今、中高でUちゃんと過ごした日々はとてもかけがえのない時間に思えます。

学校帰りに毎日のように行ったあんみつ屋の店内、風営法ができてディスコが一二時で終わりみんなでブーイングしたあの光景、しっかりと目に焼きついています。

Uちゃん、どうしてるかなあ。きっと今でも美人で、美魔女になってるのかな。

宇多丸　いっぽうUちゃんのほうは、「あんたたちとだけ付き合ってたら絶対行けないようなレストラン行ったり、美味しいもの食べたりできた。でもあんたらは、いつも同じ場所で足踏みして……」って思ってたのかもしれないよね。

駒木根　それはもう、しょうがないですよね。それにしてもこの話、時代を感じますね。

宇多丸　一九八六年に男女雇用機会均等法が施行されて……そのちょっと前の一九八四年に、風営法の改正でディスコが一二時までしか遊べなくなった。で、その二十数年後のまさに今日、風営法が再改正されて。クラブが一二時以降も一応営業できるようになったというタイミングでの、このエピソード。なんだか感慨深いですね。

駒木根　ふたりでまたクラブに行ける日が来るといいですねぇ。

宇多丸　Uちゃんが今どうなってるか想像できないけど。すっかり見る影もなくなってたりしたら……。

駒木根　凄まじい断絶を感じる。

宇多丸　シングルマザーだろうがなんだろうが、今でもブイブイいわせてて欲しいよ。

駒木根　そうであって欲しいですね。

彼のいない馬場詣で

ゆるねば（男性・四二歳）

僕がいわいちゃんと初めて言葉を交わしたのは、高校一年の梅雨が明けたばかりの美術室でした。

彼は高倉健ばりのいい男。しかも中学でDT卒業。一方の僕はDT、プロレスオタク。まったく接点がありませんでした。

いらだたしげにあたりをキョロキョロする彼。その光景を見ながら意を決して、僕は声をかけました。

「いわい君、どうしたの？」

「俺、先週一週間怪我してて学校休んでたから作品を提出に来たんだけれども、ダビンチ（美術教師）がいねぇんだよ！」

「えっ！　いわい君も休んでたの。僕も大腸炎で休んでたから、授業の課題を提出できなかったんだよ」

こんな会話を機に実はいわい君もプロレスが好きなこと、しかも当時人気があった大仁田厚の団体FMWの悪役レスラー「ミスター・ポーゴ」が好きなことがわかり意気投合。それ以来、スクールカーストの最上位と最下層のふたりが教室の片隅で東スポを片手にプロレス談義を交わす親友になりました。

それからはどんなにお互いが忙しくても毎年一月二日に後楽園ホールで行われる全日本プロレスの興行（通称馬場詣で）は欠かさず行っていました。そこでお互いの境遇や無駄話をして僕は、「一生付き合っていくようなやつは、こいつのようなやつを言うんだろうな」と感じていました。


そんな馬場詣でが二〇回目を迎えるというある年末、当日の待ち合わせ場所を決めるために電話をしましたが、出ません。一二月二九日、三〇日、大晦日と馬場詣での日が迫るのに彼と連絡が取れません。意を決して彼の実家に電話をかけると……。

「ゆるねばと申しますが、いわい君いらっしゃいますか？」

すると、いわいちゃんの母は少し興奮した様子で思いがけないことを言います。

「ゆるねば君！　いわいがどこにいるか知りませんか？」

どうも、いわいちゃんは仕事納めの一二月二八日から消息がわからなくなってしまったようです。親友である僕なら知っているのではないかと、藁《わら》にもすがる気持ちで聞いてきたようです。

「すみません。僕も知らないんです」

「そうですか……。何かわかったら連絡してくださいね」

このあと、僕は彼の会社、住んでいた社員寮、そのほか彼が立ち寄りそうなところを探しに探しましたが彼は見つかりません。

年も明け、初めてひとりで行った馬場詣で……。リングの上では「明るく、楽しく、激しい」闘いが繰り広げられているのに僕の心は空虚でした。僕の隣で歓声を送るはずのいわいちゃんの席は空いています。僕は初めて興行が終わる前に席を立ちました。

松の内が終わった一月七日。その日も日課になっていた、いわいちゃんの家に連絡を入れました。すると、いわいちゃんの母が意外なことを言います。

「いわい、今朝急に帰ってきたの。代わりますね」

僕は帰ってきたのに連絡をよこさなかったことや二〇回目の馬場詣でに一緒に行けなかった寂しさや、今までの不安などでごちゃ混ぜになった気持ちをぶつけるように彼に話しかけました。

「おい！　いわいちゃん、どこに行ってたんだよ！」と僕が聞いても「スマン……」としか言わないいわいちゃん。お互い無言になって数分、彼がボソッと、

「お前を見ていると寂しさが募ったんだ……、寂しかったんだ……、寂しかったからつい……」と言って電話が切られました。

それ以来、彼との親交はなくなりました。なぜ彼が失踪したのか、今でもわかりません。僕よりはるかにリア充だった彼が、僕のどこに劣等感を抱いていたのかはいまだに謎です。元トモと言って久々に思い出した「いわいちゃん」との出逢いと別れでした。

「いわいちゃん」元気かな？

宇多丸　いわいちゃん、親御さんにも連絡せずにいなくなるなんて、心配ですね。ゆるねばさんが悪いわけではもちろんないと思うし、迂闊なことは言えないけど、いわいちゃんには心の病の可能性も感じますよ。なんともいえない余韻を残す、胸がざわつく話ですね。

荒れる成人式

ガーハーさん（男性）

毎年、この時期（一月）になると小・中学生時代の友だちだった克弥《かつや》くんを思い出します。

克弥くんは小学生のときに大流行だったゲーム『ポケットモンスター』が強く、家に集まってポケモン大会を開くといつも優勝していました。ゲームの攻略のヒントをさり気なく教えてくれる、西武ライオンズファンの気のいい友だちでした。

ところが小学校高学年から中学生に差しかかる時期に成長期を迎え、克弥くんは身長が一六〇センチを超え学年で一番になりました。

そのころからでしょうか。なんとなく態度のデカさが目につくようになりました。

中学で野球部に入部した克弥くんは、高身長を買われてピッチャーになりエース格になったそうです。僕はソフトテニス部に入ったため、クラス替えもあってなんとなく付き合わなくなりました。中学三年のときに塾が同じになりましたが、そのときもこれといった会話を交わした記憶がなく、別々の高校に進学しました。

それから五年後、成人式で中学時代の友人が集まる機会がありました。

着慣れないスーツを着た同級生が集まるなか、五年ぶりに再会した克弥くんは髪を金色に染めてピンクの羽織を着て、輩《やから》のような仲間たちとたむろしていました。

聞けば、高校時代に「何かがあった」らしく、高校の野球部を休部に追いやった主犯格だといいます。

あまりにも変わり果てた「元トモ」は、式の最中に集団で壇上に上がろうとしましたが、来賓の市議会議員から一喝されて「荒れる成人式」の未遂行為をしていました。

その場にいあわせた、中学は違うものの同じ高校だった友人から「あいつ誰？　同じ中学なの？」と聞かれましたが、つい「知らない」と返してしまいました。

昔あんなに親しかった同級生が、いろいろな意味で遠い存在になってしまい、以来疎遠になってしまった記憶が、成人式のニュースを見聞きするたびに蘇ります。

宇垣　こういう疎遠のなり方をしてしまうと、元には戻るのは難しいでしょうね。

宇多丸　荒れる成人式のニュースを見て胸が痛むってこと自体がすごいよね。普通は「イヤですね〜〜」って眉をひそめるだけなのに。でも思春期で育つ地域によっては、危うい方向に道を踏み外しちゃうことはありえますよね。極端な例で言えば、映画『ヒメアノ〜ル』（吉田恵輔監督、二〇一六年）で、おとなしかった旧友が苛烈ないじめを受けて、精神が壊れてしまったことで完全に違う世界の人になっちゃってたように。

しまお　小学校からの友だちだと、かわいい時期を知っているから余計ね。

宇多丸　壇上に上がろうとしたけど一喝されてすごすごと下がる、というところに若干のダサかわいさがあるけど。

しまお　すごすご戻るくらいだから、今はいい子になってるんじゃない？

集合場所は整骨院

えとちゃん（女性・四五歳）

四五歳、いろいろ身体に変調が出る年齢になりました。
先週座ろうとしただけなのに、腰に激痛、ぎっくり腰になってしまいました。
前傾姿勢になり、ゆっくり整骨院に向かいました。
すると久々に会う同級生が前傾姿勢で歩いていました。
声をかけると友だちもぎっくり腰で同じ整骨院に向かうところでした。
整骨院の先生に腰を揉んでもらいながら、隣どうしに並んで寝ました。

懐かしい話に花が咲きました。

話のあいだに、

「ウグッ〜、痛アァッ〜」

と、変な合いの手が入ってとても楽しかったです！

次回の集合場所はもちろん、整骨院です！

宇多丸　これは……いい話でしょ。もちろんぎっくり腰は大変だろうけど、そうやって歳をとったからこそ合流できた、ということの豊かさ、みたいな。
駒木根　整骨院というとこがいいですね。
宇多丸　「お互い歳取っちゃったね〜」なんて言いながらね。昔の友だちと再会したりすることとありますか？
駒木根　とくに去年くらいから、地元や大学の同級生とか、また飲んだりする機会が増えましたね。僕三五歳なんですけど、そういう年代になってきたのかなって。
宇多丸　ひと回りして、自分の人生をちょっと立ち止まって振り返ってみたくなる時期なのかな。

駒木根　そうなんですよ。まわりの結婚ラッシュとかもちょっと落ち着いて、少し客観的にというか、冷静に関係性を振り返れるようになってきたのかなって感じがありますね。

Mと一緒にいる俺

54秒フラット（男性・三七歳）

Mという男について話をさせてください。

出会いは大学一年の春です。ふたりは八王子にある美術大学に入学し、同じ学科でした。

新潟出身で、大学入学を機に上京し、ひとり暮らしをしているというその男は、リリーフランキーさんや、奥田民生さんのように、どこか達観した雰囲気を持ち合わせていました。

口が上手く、女の子にももてて、やたらと酒に強い男だったのです。それに対して、自分は女の子との付き合いはほとんどなく、酒に弱く、また、人と接するのが苦手で、内にこもって作品をつくるタイプの人間でした。地元は大学から近かったため、実家から通っていました。

何もかも正反対だったのです。


そんなふたりがどうしてあんなに仲良くなったのか、正直わかりません。気がつくと、お互いの家へ泊まり合う関係になっていたのです。あまりにも仲が良すぎるため、当時Mと付き合っていた女の子は、「ふたりは絶対デキている」と思っていたそうです。

Mの家には私専用の歯ブラシと箸がありましたし、部活もバイトも同じだったので、そう思われても仕方ないでしょう（部活はMが先に入ったトコへ自分も後追いで入り、バイトは私がMに紹介しました）。

Mは大学に入ってしばらくしてから彼女の家でふたり暮らしをしていましたが、自分もそこへ良く泊まりにいきました。今考えると、なんとずうずうしいことをしていたんだと思いますが……。

美大生ともなると、自分の作品を様々なイベントに出します。ギャラリーを借りて個展をしたり、フリーマーケットなどのように、自由に販売できるイベントに出店したりします。

そんなイベントの準備で、忘れられない思い出がひとつあります。

出展の前日の夜に作品をつくり終え、梱包を終えたころには深夜二時をまわっていました。荷物は段ボールが六つ近くありましたが、タクシーを呼ぶお金などありません。仕方なくMが通学に使用していたボロボロの自転車を使うことにしました。段ボールは学校においてある台車へくくりつけました。

Mがペダルをこぐ役です。私は後部座席に後ろ向きに座って、荷物をくくりつけた台車の取っ手をつかみ、Mの自宅まで走り出しました。四駅ほどの距離、一時間弱くらいの道のりだったと思います。

自転車がカーブにさしかかるたびに、Mがどちらへ曲がるか私に声をかけ合図します。後ろに座った私は台車がひっくり返らないよう、台車を押さえました。何度転びそうになったかわかりません。荷物が重いため、自分のほうが自転車から転げ落ちそうになったときもありました。

Mの家に着いたころには、ふたりとも疲労困憊。自分は腕がぱんぱんになっていました。

Mはと言えば自分と荷物の重量を乗せてこいだため、足はガクガクです。すごくしんどくて、疲れたはずなのに、めちゃくちゃ楽しかったのです。Mのことも好きだったし、Mと一緒にいる自分も好きだったのだと思います。

そんなMとの関係は就職後も続きました。ずっと、このまま続くのだと、なんとなく思っていたのです。

そんな関係に終止符を打ったのは、就職先でできたMの新しい彼女でした。その彼女が何かした、というワケではありません。新しい彼女は就職先で知り合った、Mと同じ地元の女の子だったのです。

これまでMが付き合ってきたのは仲間内の女の子であったため、自分も気を遣うことはなかったのですが、自分の知らないコミュニティの人間だったため、自分たちがそれまで仲間内で築いたノリを共有することができませんでした。

さらに、付き合いだしてしばらくすると、ふたり暮らしを始め、新しい彼女がいるMの家へ遊びに行くことはなくなりました。

その後、ふたりは一緒に地元へ帰り結婚しました。

Mがいなくなってしばらく、自分のなかに、ぽっかりと穴が空いたようになりました。

Mが、俺の中にある「Mと一緒にいる俺」を持って行ってしまったのです。

Mを恨んでいた時期もありました。「そんなに地元が良いのかよ！」とかなり乱暴な考えに陥っていたと思います。

その恨みも、自分が結婚した今では大分落ち着いてきています。自分より先に、夫となり、父親となったMの気持ちが、少しずつわかってきたからです。

そんなMとは今では年一回会うかという関係になっています。もちろん会えない年もありますが……。

会ったときは、Mと、そして「Mと一緒にいる俺」との時間を楽しんでいます。

Mへ

今お前が俺のことをどう思っているかわからないけど。今でも俺はお前が人生で最高の相棒だと思ってるよ。

今度、子供が産まれたら連れて遊びいくから。お前の息子と遊ばせようぜ。

じゃあな。

Yより

宇多丸　この人、文章がめちゃくちゃ上手いね。自転車で段ボールを運ぶくだりとか、あと「俺の中にある〝Mと一緒にいる俺〟を持って行ってしまった」って、なんとグサリとくる表現をするのでしょうか。

それにしても、普通ここまでの友だちって、なかなかいないですよ。僕もここまで仲がいい友だちって、ちょっと思い浮かばない。ここまで豊かな友人関係を築けた54秒フラットさんの人生を、ちょっと羨ましく思います。

ブロマンスって

トワイライト清兵衛（女性・三〇代）

遡る

こと二十数年前。高校入学とともに仲良くなったSちゃんと私は、今で言うところの腐女子でした。

まだBLという言葉もない時代、それは今ほどオープンなものではなく、周囲の理解、特に異性からの理解など到底得られないものとして、バレないようにひっそりと愛でるものでありました。

しかし同じ趣味を持つ私たちは、むしろその背徳感すらも一種のスパイスであるかのように、エロい擬音語を思い付いては授業中に手紙で教えあったり、家で描いたBLイラストをこっそり学校で見せ合ったり、さらには二人で合同同人誌を出したりして、同志のみが解り合える密やかで濃密な地下活動を楽しんでいました。

そんなSちゃんとの関係が変わり始めたのは、高校を卒業して社会人になった彼女にイケメンの彼氏ができたころからでした。

すぐに彼氏と同棲を始めたSちゃんは、当然のように同人活動をやめ、自分で出したBL本もすべて処分し、完全に彼氏中心の生活へとシフトしてゆきました。

それでも時折「今どんなの描いてるの？　見せて〜」と、せがんだりもするので、当時一人で描いていた同人誌を渡したりしていました。

しかしある日、いつものようにSちゃんのアパートに遊びに行った私は、信じられない光景を目にしました。なんと私の描いたBL同人誌が、ふたりの寝室に堂々と置いてあるではないですか！

たしかに同棲しているSちゃんに渡した時点で彼氏も目にする可能性は考えましたが、それでも「男性には見せないもの」というのが大前提だと思っていた私は彼女を問いつめました。

するとまさかの「彼氏と一緒に読んだよ〜。あそこのシーンとかマジ笑った。ありえないよ〜」との軽い返答。

私は他人に自分の作品を笑いながら見られたという恥ずかしさと、平気で読ませてしまうSちゃんに対する怒りで、声も出せずグルグルしてしまいました。

そんな私を見て焦ったのかどうなのか、Sちゃんは「なんであんなに高校時代BLが好きだったかわからないの。男同士とかもう全然考えられないんだよ」と言いました。

当時、好きな人がいなかった私は「へ〜、彼氏ができるとそんなもんか――……」と、その場を取り繕い、自分をも納得させましたが、その日から私たちのあいだにはうっすら透明な壁ができたように思います。

その後もSちゃんとは一緒にカラオケに行ったり、彼女の結婚式に参加したりもしましたが、透明な壁はますます色を濃くするばかりで、もはや彼女の姿が判らなくなってきた私は、自分から連絡をとることはなくなってしまいました。

自然、彼女からも連絡が減り、気付いた時には立派な元トモになっていました。

その後の短くない時間のなかで、「彼氏ができると急にタバコを吸い出したり、趣味が変わる友だち」を何度か目にする機会があり、Sちゃんのもそれだったのか――……と思えるようになってきましたが、今でもふいに彼女のことを思い出すとき、高校時代の楽しさと、社会人になってからの気まずい記憶の両方が浮かびます。

そして私はといえば、その後何度か彼氏ができましたが、相変わらずBLは大好物のままです！

いや〜ブロマンスって本当にいいもんですね！

宇多丸　トワイライト清兵衛さんのブレなさが清々しい。

宇垣　いいぞ、いいぞ！

宇多丸　いや、それにしても切ない話ですよ。

宇垣　もちろん、好きなことが変遷していくことっていうのは誰でもあるかもしれない。それはいいけど、でも他人の好きなものを笑っちゃいかんよ、とも思う。

宇多丸　男もあるっちゃあるよね。野郎同士でウヒウヒ遊んでたのに、片側が童貞、片側が彼女できたときの、「なにオマエ、まだそんなとこウロウロしてんの?」的な。で、こないだまで一緒にやってたようなことを上から目線で馬鹿にしてくる、みたいな。でも、好きなものが変わらずあるって、本当はすごく誇らしいことですから。

宇垣　ですよね。

学童保育の先生

わらび（男性・二〇代）

小学生のときによくしていただいていた、学童保育の先生の話です。

若い女性の先生でしたが、私が胸を揉んでも怒らずに「それは人にしてはいけない」と教えてくれました。

ちょっと空気が読めず、まわりとトラブルを起こすこともあった私にいつも寄り添ってくれました。

ゆっくりでも丁寧にやるところ、本をよく読んでいるところ、私の美点を見つけて褒めてくれました。

その大好きな先生がご結婚されて引越し、離職されるときに、住所を教えてもらってしばらく手紙のやり取りをしていました。

しかし、ありがちな話で、いつの間にか疎遠に。

今、学童保育でアルバイトをしていると、先生のことをしばしば思い出します。

まだ二〇年と少しですが、ちょっとした遠回りもあった人生の中で、今でも折々で勇気の種になっている先生の言葉を思い、気を引き締めています。

高橋芳朗　学童保育の先生が大好きだった投稿者さんが、今、学童保育でアルバイトしてるって、いい話だね……胸を揉んだくだり以外は。

宇多丸　僕も保育園で若い女の先生に「胸揉ませろ!」ってウヒウヒやって、ガチで嫌がられたことありますよ。制止を無視してフィンガー5のレコード大音量でかけ続けて、泣かせちゃったこともあるし。それにくらべれば全然いい話ですよ!

夜間学校のヤンキー

北海道のビー（男性・四〇代）

今を

遡ること二五年前。僕は、東京新宿区にある大学に通っていました。

当時僕は、その大学の夜間学生、二部学生でした。朝から派遣社員の仕事をフルタイムでこなし、夕方六時から九時半まで勉強。そのあとは、終電までサークル活動のサイクルを四年続けました。

その生活の中で、一番の楽しみは、サークル活動。僕は高校時代から続けていた演劇部に所属していました。

夜学の勉強はハードということもあり、なかなか授業終わりにサークル活動する学生は少なく、大学二年生になったときには先輩も逃げてしまい、僕しかいない独りぼっちサークルとなってしまいました。

春の新人勧誘でやってきたのは、大阪のヤンキーN君。町田のヤンキーI君、昼間OLをしているやたらと美人のT子さんでした。

夜間の学校に来る学生の年齢は幅広く、彼らは全員僕より年上で、男子ふたりは前科持ちでした。昼間の大学とは違い、いろんなタイプの人たちがやってくるんです。

ここに来る前、それぞれのシマでだいぶハジけた不良行為を繰り返していたらしいN君、I君のふたりは、サークル終わりに飲むと、吉祥寺で派手な喧嘩をしたり、犯罪スレスレの行為をして警察に追いかけられたり、それにくっついてる僕も同じように非日常な毎日に付き合わされました。

北海道の田舎町で育った僕。不良(ヤンキー?)経験などない僕には、刺激的すぎる毎日でした。あまり大きな声ではいえませんが、警察のお世話になったこともありました。鈍臭い僕だけがつかまると、彼らも捕まってくれて、「こいつは、無理矢理やらせただけだから、俺たちだけ捕まえてくれ」とかばってくれたこともありました。

N君とI君は年下の僕のことを「部長」と呼び、不思議と立ててくれました。

「部長、おまえは綺麗な目をしてる。芝居の道につきすすむんやー！」と呑みながら熱く語る彼らは、『少年ジャンプ』でしか読んだことのない不良漫画のキャラクターのようでした。

結局、半年ほどで、I君とN君が一緒に入ったT子さんを取り合うというイザコザで退部。また僕は独りぼっち。その後、彼らは大学を卒業できたかどうかもわかりません。

彼らが去ったあと、どういうわけか、若い普通の学生さんたちがたくさん入部してくれて演劇部は活発になり、僕自身は充実した夜間大学生ライフを送ることができました。

卒業してずいぶんたちました。僕は北海道に帰って公務員になりましたが、ほそぼそ、夢は捨てずに地方演劇を続けています。

二五年経った今でも、彼らとの非日常的な毎日が頭をよぎります。思い出すと、喧嘩で殴られたときの鉄臭い味とともに、甘酸っぱさで胸が一杯になります。みんな、元気かな。ちゃんと生きてるかな。

そんな、元トモの思い出でした。

――**宇多丸** まぁ、警察のご厄介にまでなってるくらいだからそんな美しいこと――

ばかりじゃないんだけど……でも、そういうヤンチャな連中が「部長、おまえは綺麗な目をしてる」なんてロマンティックなことを言ってくれるのも素敵だし、I君とN君がT子さんを取り合うという、結末のガク〜ッとくる感じも含めて、染みますね。

ソンチャイの卵ラーメン

ちゃんぽん山（男性）

僕が

大学生のときに、上海の大学へ留学していたころの話です。

当時は現地の大学の寮で生活をしていました。ふたり部屋だった僕のルームメイトは五〇歳のタイ人で、名前はソンチャイといいました。

ソンチャイは最初に僕に名刺をくれました。タイで会社経営をしており、中国でも事業をするために中国語を学びに来たとのことでした。出会って間もないころはお互いに中国語もままならず、カタコトの英語でコミュニケーションをとっていました。彼はとても真面目で、毎朝五時半頃に起きてそのまま机に向かい、黙々と漢字の練習などをしていました。

「なぜ書き順がそんなに重要なんだ！」とソンチャイに聞かれたときは、たしかに漢字に馴染みのない人たちにとっては不可解だろうなと思ったことを覚えています。

ソンチャイは中国語がどんどん上達し、それにつられるように僕も話せるようになり、いつの間にか意思疎通もスムーズにできるようになりました。友だちというより息子のように接してくれて、僕も父のように慕っていました。

ソンチャイはタイに家族を残してきており、時折「ちゃんぽん、お前は家族に会えなくて寂しくないか？　俺は寂しくてたまらないよ」と涙目でテレビ画面を見つめることもありました。

そんなある日、ソンチャイが街の市場で買ってきた食材で僕に料理をつくってくれたことがありました。タイ料理だったのかわかりませんが、インスタントラーメンの中に生卵が入ったものでした。

しかし、僕は当時の中国の衛生観念にかなり不信感を抱いており、生卵はヤベーよと直感的に思ってしまったのです。結局、僕は適当な理由でごまかしてその料理に手をつけませんでした。あのときは申し訳ないことをしたなと今でも後悔しています。

半年ほどルームメイトとして過ごし、僕は先に日本へと帰国しました。

その後大学を卒業し、就職。慣れない社会人生活にジタバタしているうちにあっという間に二、三年経ったころ、ふと自宅の部屋でソンチャイの名刺を見つけました。「そうだ、手紙書こう」

自分の近況をつづり、今は社会人になったことを伝えたくて、名刺を一枚入れました。

相変わらず仕事はうまくいかないことばかりで、毎日があっという間に過ぎていきました。

手紙を出したこともすっかり忘れていたある日、外回りから会社に戻ると、事務の女性から「今日会社にヘンな電話があったんです」と言われました。

「ヘンって、どんなですか？」

「なんか英語みたいでよくわかんなかったんですけど、「ちゃんぽん、ちゃんぽん」って言ってたみたいなんで。心当たりあります？」

あっ！　まさか！　ソンチャイが！　おそらく彼が僕の名刺をみて電話してくれたに違いないと確信しました。めちゃくちゃ嬉しかったです。わざわざ会社に電話してくれるなんて！

僕はまたソンチャイへ手紙を書くことにしました。仕事のこと、もうすぐ結婚すること、新婚旅行はタイに行きたいこと……伝えたいことが次から次へ浮かんできます。

でも、僕はその手紙を出すことはありませんでした。ソンチャイからもらった名刺をなくしてしまったのです。

その後、電話も手紙も来ることはなく今に至ります。

今でも時々ソンチャイのことを思い出します。

僕も結婚し子供もいる今になって考えると、家族を残して単身外国で勉強するなど、半端な覚悟ではなかっただろうと思います。

ソンチャイ、元気かなぁ。

卵ラーメン、今なら食べる……かなぁ。

宇多丸　数ある疎遠の中でも、「お互い連絡取る気満々なのに、物理的に無理になってしまった」という、わりと珍しいパターン。

会社に電話かかってきたくだりで思い出したのは、映画『犬猿』（吉田恵輔監督、二〇一八年）の途中で、電話かかってきたのを会社の人が受けても英語がよくわからない、というシーン。「おまえ、なんで連絡先聞いておかないんだよ!?」みたいな。でも、今だったらSNSでやりようがあるんじゃないの？

高橋　名前の綴《つづ》りがわかればねぇ。

宇多丸　それか、ひょっとしたらタイに「ソンチャイ」っていっぱいいるのかな？　「拓也」くらいの感じで。

高橋　なんで拓也なのよ。

宇多丸　ただ、仮に連絡がこのまま取れなくても、こういうことが人生にあったんだ、というのがいいじゃないですか。

DJフクタケ　お互いが嫌いになったわけじゃないっていうのがいいというか、切ないというか。

宇多丸　でも、急に電話かけてきたくらいだから、いい内容じゃないかもしれないよ。「ようやく見つけた！　金貸してくれ！」みたいな。

高橋　なんでそういうこと言うのよ。

トライアングラー

ほねかわ（男性・二〇代）

僕には小学三年生からの親友、いつも優しいO君と男勝りな性格のYちゃん（男二、女一）が居ました（今考えるとまさに「時をかける少女」の構図と同じだな～と感慨深いです）。

仲良くなるきっかけは、全員が放課後の学童保育が同じであり、授業が終わればみんなで校庭で遊び、学校終わりに誰かの家に集まってゲームをしたり河原に行ってエロ本を見つけては騒いだり、三人で新しくできた映画館にチャリンコで一時間かけて向かい、『逆境ナイン』の実写化を見てポカーン（゜Д゜）として帰ったり、こんな毎日が続けばいいのにな～！と夏の夕暮れの中、駄菓子屋でみんなと大笑いしながら過ごしていたのを今でも鮮明に覚えています。

疎遠になったのは中学校に入り、各々が別々のクラスになったころからだったと思います。それを境に、三人での交流は次第になくなっていきました。O君は同じクラスの男子生徒と意気投合し、中学カーストの最上位「F.U.R.Y.O―不良―」グループの一員となっていました。

一方、そのころから僕自身はセクシャリティがゲイだと自覚していったので、僕の中ではどんどん男っぽく不良グループと仲良くなっていくO君より、女友だちのYちゃんと一緒にいるほうが楽になっていきました。

Yちゃんと、「O君、変わったよね。あの優しかったO君が不良グループに……」とふたりでよく相談していました。学校内でも休日でも、O君は次第に僕らではなく不良グループと遊ぶようになり、僕とYちゃんふたりだけで遊ぶようになりました。

小学校から塾が一緒だった僕とO君は、次第にお互いがふたりきりになるのを避けるようになりました。お互いの行動にイライラが積もっていた最中、とうとう塾の駐輪場でばったり会い、勇気を出して話しかけました。

僕「何で不良グループなんかとつるんでんだよ！　Yと一緒にまた三人で遊ぼうよ！」

O君「お前、Yと付き合ってるんだろ。俺だってYのことがずっと好きなんだよ。お前とYがずっと一緒に仲良くしてるのがずっと羨ましかったし、ムカついてた。だからもうお前らとはもう無理。会いたくもない」

僕「付き合ってない！　そういうのと違うんだよ！！！　違うんだよ……」

無言の時間が続き、その後、お互い自転車に乗り別々の方向に帰っていきました。以降、卒業までの三年間、僕とO君が話すことはありませんでした。

卒業後、高校生になってからYちゃん経由でその誤解は解け、三人でたまに会って遊ぶこともありましたが、全員から少し気の遣いが見え、バカ話をしたり本音を話したりすることはなかったと思ってます。

その後、O君とYちゃんが付き合うことになり、僕は心から嬉しかったです。

現在三人が社会人になり、SNSでお互いの投稿をいいね！するぐらいの仲になってしまいましたが、僕はいつか三人でまた集まって酒飲みながら、あのときのバカ話をしたいなと思ってます。

最後に、高一の俺にタマフルを教えてくれた元トモO君へ。

「俺はYちゃんが好きだったんじゃなくて、当時ずっとお前が好きだったんだよ！　余計なお世話だバカ野郎！　お前にカミングアウトする気もねえけど、俺はずっと親友だと思ってるし。また三人で実写化『逆境ナイン』を見てポカーンとしようぜ！　美容師がんばれよ！」

宇多丸　うっわ〜……（溜息）。最後にきましたね。この構成力、このストーリーテリング。ずっと引っ張っておいて、最後にドスンと落とす。参りました。
いやあ〜……（余韻に打ちのめされている）……。

交わらない人種

デンプシーロールパン（男性・三〇歳）

その一

疎遠となった彼の名は「マー君」。高校二年生のときからの付き合いです。志望校に落ちて男子校に甘んじていた灰色の高校生活に、若干の色合いを加えセピア色ぐらいに持ち上げてくれたのが彼です。

地理部で根暗な僕に音楽の楽しみを教えてくれたのは彼なのです。持っていたCDはTUBEくらいだったダサくてモサい僕に、レディオヘッドを教えてくれた彼の功績は僕の人格形成にまで影響を与えたはずです。こんなことは言いたくありませんが、僕とマー君は「親友」という間柄であったと自負しております。

高校を卒業してもふたりの関係は変わらず、僕は地元の大学、ギターキッズであった彼は地元の音楽専門学校と進路は違いましたが暇を見つけては会い、くだらない話をしてはくだらない時間を過ごす日々が続きました。

そんなこんなで二年の月日が流れ、マー君は専門学校を卒業するもフリーターに。僕は大学三年生に進級したころ、ひょんなことで県営住宅（３ＬＤＫ）でルームシェアをすることになったのです。彼は家賃の節約のため、僕は実家が窮屈に感じていたため、ふたつ返事でルームシェアに応じたのでした。

ルームシェアを始めて一年ほどのあいだ、それはマー君との蜜月とも言ってよい時間でした。最初は洗濯機がなくて洗濯板で洗濯をしてみたり、唯一つくれた料理はカレーくらいで、カレーを大量につくってはふたりで何日もかけて食べました。夏の日に二日くらい放置したカレー鍋が、『風の谷のナウシカ』に出てくる腐海のようになったのは良い思い出です。

「カレーが午後の胞子を飛ばしてる」なんて言って笑っていました。炊飯ジャーの中身が、七色のカビを生やしたときもふたりで笑っていました。今、思うと本当に夢のように穏やかな日々でした。

しかし、楽しい時間はいつまでも続かないものです。同居生活が続くうちにお互いの価値観の不一致などが生まれてきたのです。

時たまトイレで大便を流し忘れるマー君、それを目撃して「テロか！」と大声をあげてしまう僕。

バイト先のパートの人妻さんと肉体関係を築いてしまい、部屋に連れ込むマー君。「人妻さん、夕方六時だけど、まだ七歳の娘さんは大丈夫なの？」とヤキモキする僕。

結局、ダンナさんにバレて多額の慰謝料を払うハメになったマー君。言わんこっちゃないと頭を抱える僕。

その支払いを続けている最中、ネットワークビジネスに手を出して洗顔料や化粧品の段ボールを部屋いっぱいに持ち込むマー君。挙げ句の果てに僕を勧誘するマー君。断固拒否の僕。

ネットワークビジネスの方のたまり場になる部屋。居心地が悪くなる僕。

そんなこんなの低空飛行の日々が続いたあと、僕が大学を卒業するのを機にルームシェアを解消することとなったのです。

仲が悪くなったわけではないのですが、なんとなくお互いに「ああ、違う人間なんだな」という感覚を抱いてふたりは離ればなれとなったのです。

それから六年経った年の大晦日。僕はサラリーマンとなって、とりあえず社会人をしていました。六年経っても実家で過ごしていた僕の携帯電話が鳴ったのです。ディスプレイには「マー君」の名前が。ルームシェアを解消して六年、僕は彼と連絡を取ることはありませんでした。

電話に出ると「久しぶり！　初詣に行こう！」と言うのです。六年ぶりの電話がいきなりそれかよと思いましたが、嬉しさと恥ずかしさが入り交じり「断る理由なんてないよ」とそっけない返事をしてしまいました。

六年ぶりに会うマー君は、六年前のマー君そのものでした。最近どうだこうだと話し、お互い結婚をしてないことを確認しましたが、何を話したか覚えていません。そもそもマー君とは取るに足らない話しかしないのです。

地方都市在住の僕ら、おそらく近辺で最も人が集まるだろう神社に行った僕らは、初詣のために長蛇の列に並び近況報告をするのでした。

その話のなかで「あのときは悪かった、どうかしていた」と言われたのです。それが流し忘れた大便のことか不倫のことかネットワークビジネスのことか思い当たる節は山ほどありましたが「そんな、昔の話忘れたよ」と、やはり照れ隠しをしてしまう僕。

しかし、そんな寛容な気持ちを持つべきではありませんでした。大晦日の寒いなか、並んでいるところマー君は僕に「ちょっとタバコ吸いに行こう」と言うのでした。喫煙所はありましたが、そこに行くと今まで並んでいた時間が無駄になってしまうのです。そもそも僕はタバコを吸いません。

しかし、マー君は僕の返事を待たずに列から離れました。その後ろ姿を見て「ああ、僕と彼は交わらない人種なのかもしれない」と痛感したのでした。マー君がタバコを吸い終わるとまた行列の最後尾に並びました。

それでもやはり毎年大晦日になると、どちらからともなく「あれから一年だね」と連絡を取り合うのです。それが僕とマー君との距離なのだなと感じております。

それでもやはり彼との日々は何事にも変えがたい僕の青春のマスターピースなのです。折角ですのでこの場を借りて言わせていただきます。

「マー君、貸したお金のこと忘れたよ。いつまでも君のことが大好きだし、親友だと思っているよ」

宇多丸　会ってはいるんだけど、もうデンプシーロールパンさん側は無邪気ではいられない。

駒木根　でも、わかります。定期的に会うには会うけど、もうあのころのバイブスではないっていう、そういう元トモ。ネットワークビジネスはオレも話を振られたことありますし。

宇多丸　僕もある。がっかりしちゃうよね。こっちのこと利害関係で見てたんだ、って。

駒木根　あれは元トモ製造機ですから。

宇多丸　本当だよ！

駒木根　ネットワークビジネスとかネズミ講的なやつとか、悪気はないんだろうけど、宗教の勧誘とかも。友情を破壊するという意味で、それを勧める組織はそれだけで許せないですね。

宇多丸　まったく。それにしてもデンプシーロールパンさん、この大晦日の何気ない場面、マー君の後ろ姿を見て、ハッと気付いちゃったんだろうね。

駒木根　ここねぇ……。上手い映画監督ならここ、いいラストシーンに仕立ててくれると思いますよ。

ミニチュアの駄菓子屋

後藤（女性）

小学生時代の元トモ、T君の話です。

彼は保育園からずっと一緒の幼馴染というやつで、小学四年〜六年にかけて、毎回テストの点数を競っていました。優秀な彼に勝つためには一〇〇点を取るしかなく、私が得意な理科は常に圧勝、しかし彼が得意な算数は惨敗、勝負は国語と社会に持ち込まれる……という展開をいつも繰り返していました。

勉強でのバトルは平行線を辿るので、ついには体育、音楽、図工にまで進展。体育はミニバスケットボールクラブに所属している彼、音楽はピアノを習っていた私がそれぞれ優勢で、最終決戦は図工に。

なんとT君は絵も描ける男だったのです！

私もものづくりは得意でしたが、風景画や模写は圧倒的に彼のほうが上手。ポケモンのピカチュウやリザードンを友人から「ここに描いてー」とせがまれる彼は輝いていました。

画力だけでは勝てないと悟った私は、構図が勝負のポスター展で入賞したり、取材内容が問われる壁新聞をつくることでなんとかプライドを保っていました。


そんな私に決定的な負けの瞬間が訪れます。

六年生の冬、図工の授業でミニチュアの屋台をつくるという課題が出ました。ビジュアルが映えるのは「お面屋さん」だろうと、数週間にわたり作業をして完成。

我ながら良い出来だなあとニヤニヤしていたら、T君が「先生、作品を持ち帰って、家で作業してもいいですか？」と質問。家で作業？　こいつ何をするつもりなんだ……とビクビクしながら迎えた提出日。

なんと彼は駄菓子屋をまるまる一軒抱えて現れたのです。

屋台じゃなくて、家一軒！　緻密につくられたせんべいや飴が入るディスプレイ、古めかしい木の質感……。

「すごいね！　めっちゃよくできてるね、このお菓子全部つくったの？」

「うん。つくるの楽しかった。俺、こういう細かい作業好きなんだってわかったよ」

「なにこの電池ボックス、うわー！　豆電球が点灯した！　電灯が光ってるー！」

このときばかりは負けて悔しい気持ちよりも素直に「すごい」という感情が上回り、ひたすら彼の駄菓子屋を眺めていました。

その後もバトルは続き、卒業式に。アルバムに寄せ書きを頼むと「中学に行っても後藤に絶対勝つ！」の力強い文字が。ほとんどの生徒が近くの公立中学に進学するので、どこまでも彼とはライバルでい続ける……そう思っていたのですが。

卒業式の最後、母が「T君、四月から遠くの中学に通うって」と言いました。

「どうして！　寄せ書きの言葉はなんだよ！」

混乱しながら話を聞くと、T君のお姉さんが中学でひどいいじめにあい、結果、T君母・姉・T君の三人が引っ越すらしいのです。

美人のなんでもできるお姉さんがいじめられている事実にも驚きましたが、その話を彼から直接きけなかったことが何よりショックで、ちゃんとしたお別れができたかどうか記憶にありません。

たぶんできなかったとおもいます。

中学生になってすぐ私から手紙を出して、返事をもらったのは覚えています。彼が得意なバスケ部はなく、代わりに軟式テニス部に入ったこと、もう友だちができたこと……明るい雰囲気で締めくくられた彼の手紙を最後に、我々の交流は途絶えました。

また手紙を出そう、そう思ってはいました。しかし少年のような出で立ちで男子とばかり遊んでいた私が、いきなり女を強調する制服のスカート、第二次性徴、さらには中学特有の同調圧力に直面して、T君の状況を考える余裕がありませんでした。

入学早々不良っぽい同級生女子に体育館裏に呼び出され「調子乗ってんじゃねえよ」と言われました。クラス全員から無視されたりもしました。

今思えば自分の苦しい気持ちを彼に相談すればよかったのだとおもいます。

そしてT君の話も聞きたかった。ライバルだから弱いところを見せられない、ただそれだけで疎遠になってしまったのです。

長くなってすみません。

その後の彼のことはまったく知りません。

T君の影響もあってか、現在ものづくりの仕事についています。

彼がつくった駄菓子屋は本当に美しかったです。

宇多丸　この最後の一行のキレ味！
高橋　駄菓子屋が目に浮かんで終わるよね。
古川耕　小学校でこのレベルの高さやばくないですか？
宇多丸　『天才マックスの世界』（ウェス・アンダーソン監督、一九九八年）とか、それ級の感じ。
高橋　このふたりだけがぶっちぎりだったんでしょうね。
古川　この男女がずっとライバル関係のままというのもいいよね。
高橋　結局、恋愛には発展してないからね。
宇多丸　してないんだけど、やっぱり中学校行って、はっきり明記していないけど、こっから先は男女でもあるし、っていうさ。あと、小中までの同調圧力はけっこう厄介だな。
古川　逃げ場がないですからね。だからお姉さんみたいに転校するって話になってしまう。
宇多丸　もうさ、中学校とか、ナシにしたらいいいんじゃないかな？

古川　極論すぎるだろ。

宇多丸　中学はナシにして、高校から始まる。

古川　その間の三年はどうするの？

宇多丸　三年間、自由！　絶対ロクなことにならないけど。でも、T君は明らかに今、ひとかどの人物になっているんじゃないですか？

高橋　後藤さんもものづくりの仕事をしているわけですから、いつかどこかで再会できたらいいですね。

ウクレールP

元ウクレールPミキサー大川（男性・四六歳）

元ト

モと認定いただけないかもしれませんが、中学高校で宇多丸さんと同窓だった者でございます。

最近、同窓の旗の台の歯科医の方と交流があり、宇多丸さんもお話に出てこられ、超大活躍の遠い存在になられてしまいましたが、リスナーでもあり、特集に沿うか微妙ですが、投稿させていただきました。

当時、音楽の趣味が合ったのか、その週の音楽テレビでの中身を体育の授業のグラウンドマラソン時に併走しながら馬鹿話（ポッパーズMTVでブライアン・フェリーがさ

ーなど）をさせていただいた記憶があります。

カセットの貸し借り（MUTE BEATなど）もさせていただいたり、当時何かと話題になった原発関連で語り合った記憶があります。

大変後悔している事象としましては、当時Run-D.M.C. 初来日公演の際、わざわざ拙宅にお電話いただき、一緒に行こうと誘っていただいたのにもかかわらず、中間試験が近いというしょーもなく日和った理由で断ってしまったことです。

今やビッグスターである宇多丸さんと御一緒できたビッグチャンスを逸したことは、悔やまれてなりません。そのころからちょっとずつ距離が出たような気もしますが、友だち認定いただけなければ妄想ですよね……。

宇多丸さんの卒業文集にぶっ飛び、この人はいつかぶっ放すのではという予想はバッチリ当たりました。

御多忙とは思いますが、いつか一献いただける機会をいただけましたら幸いでございます。

宇多丸　大川くん、こんな言葉づかいはやめてくれぇぇぇ！
「元ウクレールＰミキサー大川」とありますが、「ウクレールＰ」というのはライムスターの初期メンバーであるDr.LOOPERこと藤田飛鳥らと組んでいたバンドですね。『恋のぼんちシート』（ザ・ぼんち、一九八一年）とか、カバーしてました。いろんな揉め事があったグループなんですけど、大川くんも音楽詳しくてミキサーやってくれてましたね。

体育の授業のマラソン中にグルグル回りながら話している光景、いまこのメールで急にパッと思い出したよ……今度連絡するね！

ヤンキーと、その彼女と、自分

KORO（男性）

高校に入学したてのあのころ、僕には友だちがいませんでした。オタク気質で、内向的。中学のころいじめられていた私は、同じ中学校出身の子が通わない、なるべく遠くの高校に入学しました。

そんな私が華々しく高校デビュー！　できるわけもなく、後ろは常に寝てるやつ、前は金髪ヤンキー。

出席番号、五十音順という相性も人間性も完全に無視した、人権を剥奪された机の並び!!　そんな並びで友だちができるかー！

アニメ、特撮のＤＶＤを見漁る日々が一カ月も過ぎたころ、

「それ、響鬼《ひびき》じゃん。好きなの？」

前の机の金髪ヤンキーが話しかけてきました。

いま考えればどうかと思うのですが、高校生にして仮面ライダーが好きすぎて、当時放送していた仮面ライダー響鬼のキーホルダーをつけていました。そこから前の机の金髪ヤンキーFくんとの付き合いがはじまりました。

はじめてまじまじと見たFくんの顔はとても端整で、男の僕から見ても「かっこいいなー」と第一印象で思ったものです。

「う、うん。仮面ライダー好きなんだ……。Fくんも？」

話してみるとFくんは仮面ライダーとガンダムが好きで、僕とFくんとFくんの彼女とで、Fくん宅でダラダラするのが日課になっていました。放課後はふたりでガンダムのプラモデルをつくり彼女さんが見守るといった具合です。

彼女さんにも可愛がってもらい、ふたりと友だちというよりもペットに近い扱いを受けていたように思います（可愛がられるという意味です）。

初めて話した春から、季節は夏に。

バイトするから、夏はあまり遊べない！　夏休みが終わったらな！　なんて彼が笑って、彼女さんにまたね！　と撫でられた七月の終業式。それが、僕がFくんと彼女さんを見た最後でした。

夏休みが明けて一日たち、二日たち、一週間たち、一カ月たつけれど埋まらない目の前の席。

そんな短い期間でも根も葉もない噂というのは流れるもので、「彼女を妊娠させたから学校をやめた」とか「美容師になりたいと言い出して学校をやめた」とか確証もない噂は流れ続けました。

Fくん宅の近くに行ってみたりしましたが、どことなく会うのが気まずく彼の家のインターホンは押せませんでした。気まずさからメールも送れず、彼を思い出のなかで風化させていってしまいました。

時は流れて十数年、年末の大掃除で仮面ライダーのおもちゃを整理していると、おもちゃ箱の隅にFくんと仲良くなったきっかけのキーホルダーが。彼の今を知るすべもなく、「家に入る勇気があれば彼との友情がまだ継続していたのか？」と少し自分を責めたりしました。

彼と彼女といた平穏な時間を思い出しながら、彼と彼女が幸せでいてくれるように願うばかりです。

宇多丸　Ｆくんと彼女とＫＯＲＯさんの、三人の思い出という関係が珍しい。

宇垣　カップルと一緒に遊べるのなんて、相当ウマがあったんでしょうね。

宇多丸　そこまで仲良かったのに、連絡もよこさないって、なにがあったんだろう。家訪ねていったり、メール出したりしたら真相わかったのかな。

宇垣　「オレ、東京行って歌手になる！」とかだったら笑えますけど。

宇多丸　Ｆくん的にも連絡しにくいなにかがあったんだろうね。でも、最後にもあるとおり、なんだかんだあってもＦくんと彼女には幸せであってほしい。本当に妊娠させていたとしても、「そのときの子どもがこんなに大きくなりました」とか、そういうオチがつくといいね。

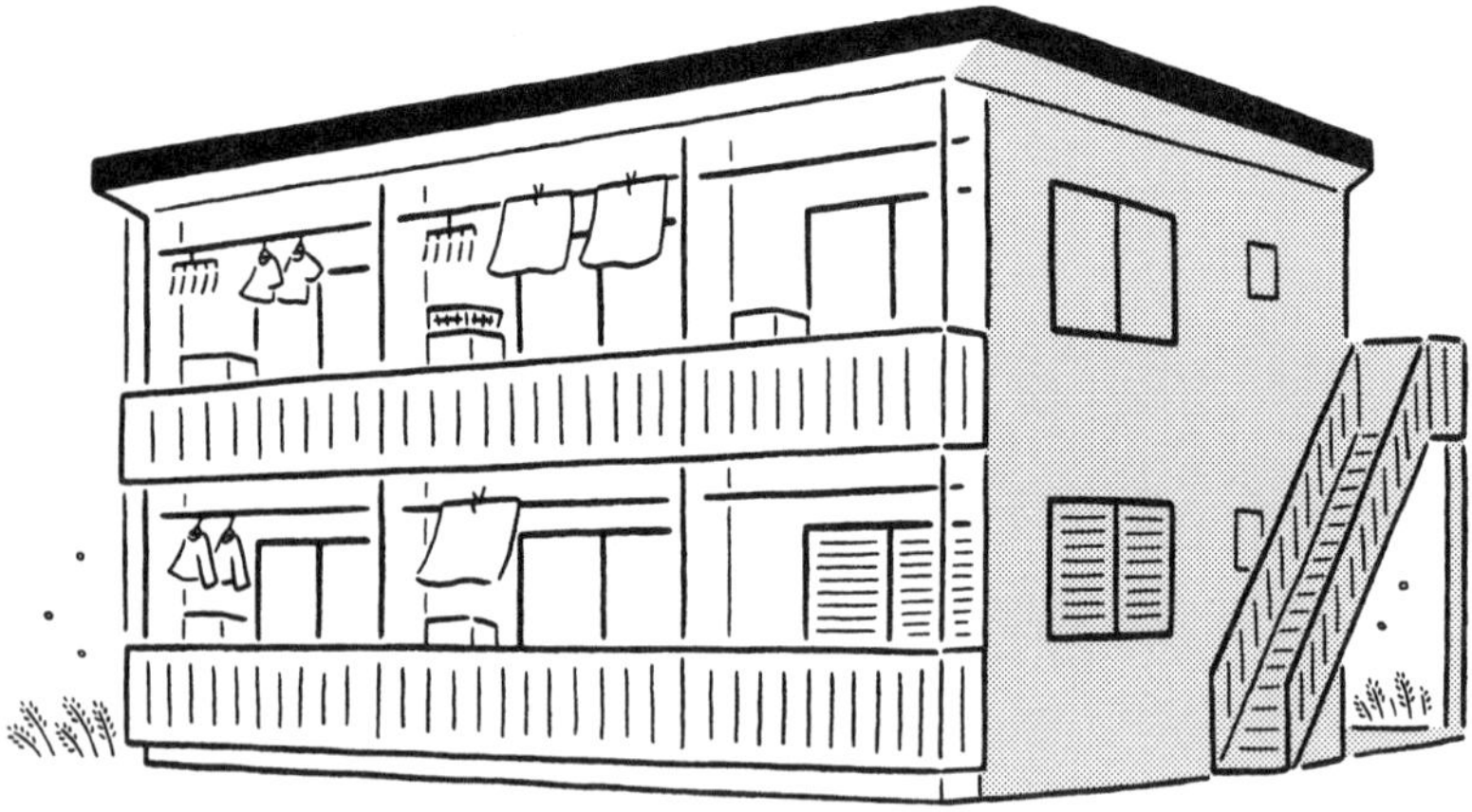

プロデビューしたH君

ヤング・アイザック（男性・四九歳）

その一

トモダチHくんとは、小学校三年生のときに近くの席になってから、テレビや本や音楽の話で意気投合し、すぐに仲良くなりました。

お互い『コロコロコミック』を創刊号から読んでいたり、ファーストガンダムがブームになる前から一緒にガンプラを買いに行ったり、ともに洋楽を聞いたりして、とても仲良くしていました。映画を映画館で見るようになったのも、Hくんと一緒に行くことから始まったと記憶しています。

中学生になってからクラスは一緒にならなかったのですが、Hくんとは趣味の話で相変わらず盛り上がり、お互い刺激を与え合っていたと思います。MTVやベストヒット

ＵＳＡなど洋楽の話などをしていました。ちょっと悪ぶった同級生に対してもいじめられっ子に対しても、まったく変わらない穏やかな態度で接し、どの集団にも属さず悠然としているＨくんには、トモダチであるとともに、ある種の敬意の念も抱いていました。

これは世の中でごく普通のことだと思うのですが、中学校を卒業し別の高校に進むと、あれだけ仲が良かったＨくんとも互いに連絡を取らなくなり、疎遠になってしまいました。

私は大学卒業後、普通に会社に就職、東京で社会人として過ごし始めました。社会人になり七〜八年したころに、Ｈくんが音楽でプロになったという話を風の噂で聞きました。

しばらくして、実家から「Ｈくんのお母さんがＣＤを持ってきた」と連絡がありました。特に慌てることもなく後日実家にＣＤを取りに行き、手に取ったＣＤを一度は聞いたものの、それをきっかけにＨくんの様子を聞くことも、Ｈくんと連絡を取ることもせず、また時が過ぎていきました。

その頃の気持ちを正直に書くと、Ｈくんの曲を聞いたり積極的に彼にアクションしたりすることがなぜかとても気恥ずかしかったというのが九割、あとの一割はプロになったHくんにちょっとした嫉妬のような気持ちがあったのだと思います。

そしてまた七〜八年が過ぎたころ、中学校卒業二五周年の大きな同窓会が開催されました。私は出席するかどうかあまり気乗りがしなかったのですが、幹事が私に言った一言で気が変わりました。

「Hは、アイザックが来るのかどうか、気にしていたよ」

とても嬉しい一言でした。私は同窓会の出席を決め、彼のCDを何枚か聞き込んで同窓会に臨みました。

同窓会当日、Hくんとは二〇年以上会っていないことが信じられないほど、昔のように楽しくお互いの近況について話すことができました。

そして、同窓会に向けてCDを聞き込んだ結果、昔のトモダチだからということを抜きに、彼の音楽に心から惚れ込み、CDはすべて買い、行けるときには彼のライブにも極力行くようになりました。

その後、Hくんとは、ふたりで飲むことも昔の仲間と一緒に飲むこともするようになったのですが、今でも会うとちょっとだけ気恥ずかしく、くすぐったい感触がします……。

このトモダチHくんとは、KIRINJIの堀込高樹のことです。堀込くんのお母様が実家に持ってきてくれたCDは、キリンジの「アルカディア」でした。

今月末のKIRINJIビルボード公演にも、どこか誇らしく、どこか気恥ずかしい気持ちを少しだけ抱えつつ、彼のステージを見に行きます。

宇多丸　これ、読み進めながら「誰なんだろ？」と思ってたんだけど……まさかのKIRINJI堀込高樹さん！　勝手にエピソード紹介してすいません。でも、いい話ですね。

なぜか呼ばれた結婚式

ロシナンテ（男性）

大学を卒業し、数年がたったある日のこと。中学のクラスメートであるK君から、結婚式の招待状が届きました。

なるほど、そろそろそういう時期か。断る理由もないし、出席に丸をつけた私でしたが、同時に心の中ではこうも思っていました。

「ていうか、俺でいいの？」

彼とは一緒に遊んだ記憶こそありますが、正直もっと仲良くしていた友人たちもいたし、それは向こうも同じはず。おそらく多くて五席ほどであろう「中学校枠」のひとつを埋めるのが自分であっていいのだろうかと首を捻っていました。

式に呼ばれたほかの元友ｓ（モトトモズ）も同意見だったようで、「あ、お前、呼ばれたんだ？」とニヤつきながらこちらをいじってくる始末。私も「いやービックリだよねー」とヘラヘラ笑いながら、懐かしの面々と旧交を温めました。

式も無事に終わり、私たちは二次会を経て三次会のカラオケへとなだれ込みました。残っているのは、私たち中学組の数名をはじめ、新郎新婦の高校や大学での友人たち。

そんな中、酔っ払ってベロベロになったK君は、「みんな、聞いてくれ」と周囲に呼びかけると、なんと私のほうを指差し、驚くべきことを言い出したのです。

「こいつは、俺の親友なんだ！」

「へー」という表情で私を見つめる新郎新婦の友人たち。

「何言ってんだこいつ!?」と内心パニックな私。

そんな私をよそに、彼は続けます。

「こいつは俺が一番辛かったとき、一人だけ俺のそばに残ってくれたんだ」

彼の話を聞いているうちに、私にも徐々に、当時の記憶が戻ってきました。

たしか中学二年か三年のときだと思います。K君は一時期、クラスの男子から仲間はずれにされていました。

命令したのは、クラスのリーダー格。彼は体も大きく、家も金持ちで、何より人を惹きつけるカリスマ性の持ち主でした。

当時の私は、彼とは異なり政治力こそなかったものの、クラスの中心で常におどけて笑いを取っていた道化タイプ。

リーダーの彼とも仲が良く、自分の中では対等な付き合いのつもりでしたが、あちらからすると腰巾着のひとり、という認識だったかもしれません。

K君を仲間はずれにするのも忍びなく、かといってリーダーに正面きって意見する勇気もない私は、どっちつかずな態度で双方とズルズル付き合い続け、そうしたコウモリ野郎な態度がリーダーの逆鱗に触れ、結局私もハブられることとなったのでした。

そんな私を受け入れてくれるのは、同じくハブられているK君だけ。というわけで、たしかにその期間はいつもK君と一緒にいたかもしれません。

しかしながら、その手のリーダーの気まぐれは日常茶飯事であり、興味の対象が移ったのか、私達へのハブりはやがて解除されました。

特に、なんだかんだで私はリーダーのお気に入りだったため、その後も普通にクラスの道化ポジションへ返り咲き、やがてハブられた事実すら綺麗さっぱり忘れてしまったのでした。

話を聞くかぎり、K君のなかで私の印象はだいぶヒロイックに美化されているようで、まるで私が率先して盾となり、傷つきながらも必死で彼を守りきったかのような口ぶり。訂正しようかとも思いましたが、新婦側の友人である若い女子たちの目もあったので、「昔の話だよ」と苦笑してみせるに留めました。

もともとリーダーと反りが合わず、目をつけられやすかった彼のこと。きっと私が知らないところで、私なんかの何倍も辛い目にあっていたのではと思います。

その晩、帰路につきつつ、「当時K君には何もしてあげられなかったけど、人はただそばに居るだけで、誰かの救いになることもあるんだなあ」などとぼんやり思いました。その後、K君からは一度だけ、子供の写真つきの年賀状が送られてきました。そのうち同窓会などで顔を合わせる機会もあるでしょう。

K君のことを思い出すたびに、「彼を無視しないでよかった」「彼と無視されてよかった」と、当時の自分をちょっとだけ誇らしく思います。

宇多丸　これ、まず短編としてよくできてない？　下手なやつだと序盤で真相を言っちゃうやつだよ。

古川　だんだん記憶が甦っていく流れがスリリング。

宇多丸　ロシナンテさんの友だちにとっては、とても強烈な記憶だったんだろうね。

古川　本当に救われたという思いがあったんでしょう。

宇多丸　いじめた側は得てしてなんにも覚えてなかったりするんだけどさ。

フクタケ　「仲良かったよな」くらいに思ってるかもしれない。けど、中学生ぐらいの、家と学校の往復くらいしかない世界のなかだと、当事者としては重たい話だったたと思いますよ。

宇多丸　この友人にとってこれだけ大事な思い出でも、ロシナンテさんにとってはわれてようやくぼんやり思い出すことぐらいしかできないという、コミュニケーションというものが本質的に内包しているさびしさ、みたいなものも胸に残りますね。

古川　K君も、ロシナンテさんの振る舞いを見て察するところがあったかもしれない。

宇多丸　酔っぱらった状態で言ったくらいだからね。「おまえ、もしかしたらわかってないかもしれないけど……」っていう気持ちはあったのかも。

古川　それでも彼は感謝を伝えたかったんですよ。

宇多丸　とはいえ、これくらい距離感あるから、「改めてここから仲良くしましょう」ということでもないだろうし。

フクタケ　それまで連絡はしてこなかったんですもんね。こんなに親友だと思っていたのに。

宇多丸　だからやっぱりお礼だったんじゃないのかね。御礼であり、決別でもあり。でも、この「なんで？」って思いながら結婚式に行って、わからないまま「おめでとう！」っていう感じのコメディ感もいいよね。

古川　アレクサンダー・ペイン的な趣というか。

宇多丸　ロシナンテさんは「昔の話だよ」なんて言ってますけど、もしオレがその立場だったら、その瞬間に自分の記憶を書き換えちゃうけどね。「そうそう！　オレオレ！　オレがマイメン！　よくぞ言ってくれました！」って。

一一年ぶりの再会

さとちゃん（男性・二九歳）

高校

時代に一番仲の良かったコバケンとは、クラスや部活だけでなく、仲の良いグループすら違うにもかかわらず、なぜか一番仲が良い（自分だけが一方的に思っていただけかもしれない）友人でした。

と言うのもコバケンはとてもオシャレで面白く、皆の人気者で、僕にとっては憧れのような存在の友人でした。

僕は彼に認められたくて、まったく興味のなかったファッションやアートをかじっていくようになり、彼とまともに話ができるように頑張っていたように（今になっては）思います。

そんなコバケンと疎遠になったきっかけはズバリ「卒業」です。

二〇〇七年三月七日に高校を卒業し、僕は大学へ彼は専門へ進学し、すっかり元トモへとなってしまい、同窓会や共通の友人の結婚式などでたまたま再会することもないまま月日が過ぎていきました。

ただ二、三年に一度だけ彼の誕生日にフェイスブックでメッセージを送っていましたが、そのうち返信すら来なくなってしまいました。


卒業してから一一年の年月が過ぎた一週間ほど前、たまたま色々な人のインスタグラムをネットパトロール（登録はせずに覗くだけ）をしていたところ、コバケンのインスタグラムに辿り着きました。

彼は美容師をしており、ちょうど新しくオープンしたお店でスタイリストとしてデビューしたという投稿を発見したのです。僕はいても立ってもいられず、ただただソワソワしながら気づいたときには、そこの美容院に予約の電話をかけていました。

予約名をフルネームで聞かれましたが、サプライズで再会したいと思い、「苗字だけにしてください」と頼み（下の名前が変わっているため、言ったらバレる）、電話を切りました。

そして昨日、そう昨日の出来事です！

二〇一八年三月七日、僕は予約した美容院に花束を持ってコバケンに会いに行ったのです。

彼は僕の顔を見た瞬間に、驚きと喜びが同時に湧き上がったようなハイテンションで出向いてくれました。

「デビューおめでとう」と言って花束を渡すと、「こういうこともできるようになったんだ、ありがとう」と言われ、握手を交わしました。

それからは一一年前に時間がタイムスリップしたかのような、けれど会話の内容は高校生では決してついていけないような話をしていました。

と言うのも彼は美容師で、僕は建築家。業種こそ違えど、同じクリエイターというカテゴリーで生きる僕らにしかわからない苦悩ややりがいなどを熱く話していました。

彼には「さとちか（僕の名前）が輝いていて、本当に嬉しいよ」と言われ、この一一年間の空白が一気に埋まったような気がしました。

僕は今後、世間の評価よりも、彼からもっと認められるために精進していくのだと思います。

フクタケ　ストレートにしっかりと味の種類がわかる話ですね。
宇多丸　ふたりとも自分の道でがんばって成功しているというのが、いい話ポイント。ただ、逆にここまで来ると、なぜ途中、返信が滞りがちになってしまったのか知りたいくらい。たいした理由ないのかもしれないけど。
フクタケ　彼は彼でちょっと気にかけてた感があるのもいいですよね。再会したときの「こんなことができるようになったんだ」って、いいセリフです。

芸術の世界

たんば・りん（女性・二三歳）

それは私が美術系の専門学科がある高校に入学してまもなく、まだ皆そわそわと浮き足立っていたころのこと。お昼の時間に、席が近かったAちゃんが私に「一緒にお弁当食べよう」と、話しかけてくれました。

その高校は標準服と呼ばれるものはあるものの、普段は私服登校が許されていたため、美術系ということもあってほとんどの生徒は私服のなか、Aちゃんは今思えばＪＫコスプレと言ってもいいくらいの、「ザ・ＪＫ」の制服を常にまとった清楚系のギャルでした。

根暗で陰キャだった当時の私はうろたえつつも、内心、ギャルに話しかけられた！

と嬉しく誘いに応じ、しかしお互いどこかぎこちない昼休みを過ごしたのを覚えています。

最初こそギャルと陰キャという距離感はあったものの、その後は少人数の美術クラスということもあって、私はAちゃんのみならず多くのクラスメイトと打ち解け、ごくごく幸せな高校生活を送っていました。

Aちゃんは油画科で、ギャルな見た目とは裏腹にとても負けず嫌いでストイックで、そしてとても良い色で絵を描く子でした。Aちゃんとは特別に仲が良くなるということはありませんでしたが、私はAちゃんの絵がとても好きで、新作を見れるのを毎回楽しみにしていました。

しかしAちゃんは高校二年の途中くらいからあまり学校に来なくなりました。高校三年に上がるときには、実技系の油画科から理論系の専攻へ移ってしまいました。ほかの友だちにきいたところ、バイトばかりしているとのことでした。

芸術の世界は、努力が目に見えた成長に繋がらないことがしばしばあります。Aちゃんのストイックさが、逆に彼女を追い詰め、そしてもう絵を描きたくない、描かないという選択をとらせたのだと思うと、ただ彼女の新作を楽しみにしていた一ファンとして、そしてともに道を進んでいくと思っていた同志として、やるせなくてなりません。

結局、Aちゃんが大学受験もどうしたのかすら、私は知りません。ただ、私自身この道を進んでいくことを迷ったときに、いつも思い出すのはAちゃんの絵のことなのです。

宇垣　『ブルーピリオド』（山口つばさ）やないかー！

宇多丸　番組でも紹介した、めちゃくちゃおもしろいマンガね。Aちゃんとの淡い交流というか、友人というより憧れている感じ。ギャルで、「良い色で絵を描く」っていうのもいいよね。まさに『ブルーピリオド』。こういう、才能がもろに出ちゃう世界での青春の挫折って、いちだんと胸に刺さるものがありますね。

宇垣　自分から生み出していくのは摩耗していくことでもありますから、心がどうしても疲弊していくだろうし。

宇多丸　油絵なんかとくに、どこがゴールかわからない世界だしねぇ。

宇垣　好きだけでは、どうにもならない世界でしょうから。だからこそ尊い。

思い出の写真

大津限定（男性・二〇代）

僕には小学三年生のクラス替えのときにクラスが一緒になり、それ以降中高と同じ学校に進み、親しくしてきたO君という友人がいます。O君は高校一年生のときに家庭の事情により転校してしまいましたが、それ以降もしばらくのあいだはたまに連絡を取り合って遊びに行ったりする仲でした。

大学に進学し、お互いに時間やお金をある程度自由に使えるようになったころ、今はもう廃止となってしまった北斗星に乗って、北海道まで夜行列車に乗って男ふたり旅に出たりもしました。

しかしながら、O君の転校以来生活圏も離れてしまったことで、徐々に会う頻度や連絡をとることも少なくなってきました。そうこうしているうちに北海道旅行から五年ほどの時がたち、すっかり疎遠となってしまいました。たまにふと連絡を取ろうかと思っても、「今会っても気まずいかな、話題合うかな」などと勝手にためらってしまうような状態でした。

そんななかで昨年、忘年会で終電近くまで飲んでしまい、「まだ帰りたくないなぁ」という気持ちでいたところ、ふと今自分が飲んでいる場所が、O君が今ひとり暮らしをしているという駅の近くであることに気が付きました。かなり酒が入っていた勢いもあり、数年分のためらいを振り切ってO君に電話しました。

「今、○○の近くで飲んでるんだけど、一緒に飲みに行かない？」

僕の不安や緊張は杞憂に終わり、O君はすぐに駆けつけてくれました。それから彼が行きつけだという焼酎バーに案内してもらい、O君の家に遊びに行き、お互いの最近オススメの洋楽をプレゼンし合うなどキャッキャして過ごしました。昔話に花が咲くというわけでもなく、まるで何年も会わずにいたブランクなんて感じませんでした。

始発の時間も近づき、O君と駅まで夜明け前の薄明るくなってきた道を歩きながら自分の思っていたことを素直に伝えました。

「俺、お前と久しぶりに会うことに緊張してたんだ。俺もお前も変わっちゃってたらどうしようって。でもやっぱいつものお前で安心したわ」
「俺もそう思ってた、ほかの同窓会で会うやつらとはやっぱなんか違うって思ってた」
これは彼の部屋に入ってすぐに気づいたことだったのですが、O君の部屋にはふたりで北海道旅行に行ったときに撮った夜景の写真が飾ってあったのです。
全然俺たちの関係って終わってなかったじゃん！　そんな気持ちでニヤニヤしながら始発の電車で帰ったのでした。

宇多丸&矢部&宇垣　おめでとー!!

矢部　最後の一行まで油断できなかった〜。どんなオチが来るのかヒヤヒヤしてしまいました。

宇多丸　写真が飾ってあったというのが嬉しいよね。連絡してよかったじゃん！

宇垣　一歩踏み出したら、動き出す時間というのもあるんですねぇ。

元トモ、ビミョトモ、今トモ

ピカチュウのパパ（男性・一四歳）

僕の

元トモは小学校の友だちです。

僕は春から中学三年生になるのですが、中学受験をして私立中学校に通っているので、小学校のほとんどの友だちと疎遠になっています。小学生のころは、まだみんなが携帯電話を持っていたわけではないので、アドレスも交換していませんでした。

よって元トモと再会し、今トモにする手段が絶たれてしまっています。

ただし、ひとつだけ方法があります。

それはツイッターの検索欄に、元トモが通っている地元の公立中学校の名前を打ち込み、ヒットしたアカウントのなかから元トモを探し出すという方法です。

すでにこのやり方で五人ぐらい元トモと再会できました。

ただ見つけた元トモが、あまり喋ったことのないやつだったりする、いわゆるビミョトモだったときはスルーしています。

僕は小学校時代、それほど友だちが多いわけではなく、いつも朝早く来て町山智浩氏の名著『トラウマ映画館』を読んで、本当に親密な友だちに貸していたような厨二病を三年ぐらい早くこじらせていた少年だったので、なかなか、真の元トモに遭遇できません。

これからも検索ワードを変えて、ツイッターという大海のなかから真の元トモを探し続けたいと思います。


宇多丸　ピカチュウのパパさん、会って抱きしめたいよ！

たしかにいまだと中学校くらいからメアドとか交換してるから、昔よりは密に連絡が取りやすいし、ＳＮＳで元トモも見つけやすいんだろうね。

それにしても、ピカチュウのパパさん、すごいねぇ。小学生で、しかも町山さんの本の中でも、『トラウマ映画館』が愛読書かよ！　本を貸していた「親密な友だち」もまだ映画好きのままでいるなら、再会する日もきっと近いと思いますよ。

小さなライブハウス

シロサバさん（女性・二六歳）

大学時代の数年間、友だちだったHちゃんの話です。彼女とはよく行くバンドのライブで知り合いました。

平日の人がまばらな小さなライブハウスでは、よく見かけるお客さんの顔を自然と覚えなんとなく知り合いっぽい雰囲気になっていきます。ドリンク列に並んでいたときに「それと同じTシャツ持ってます！」とHちゃんに話しかけられたのをきっかけに、開演前や転換中など他愛もない会話をする仲になっていきました。

ツイッターを通じて連絡を取り合い、ごはんを食べに行ったり映画を見に行ったり……。同年代ということもあって話も弾み、別々の環境で生活しているからこそ悩み事も気にせず相談できました。学校とは別の場所でできた初めての友だちだったので私にとって彼女は特別な存在でした。

しかし、あるとき気づくとツイッターの更新がパタリとなくなり、ライブにも来なくなっていました。

もう何年も経つのに、ライブハウスに行くと彼女が来ていないか探してしまいます。

宇垣　SNSでつながっていた友だちって、それゆえの気軽さもあるし、脆《もろ》さもありますよね。
宇多丸　「よく考えたらなんにも知らなかったわ」っていうね。しかしいつの間にかライブに来なくなったというのは、ちょっと心配にもなる。
宇垣　もしかしたら体調の問題かもしれないし、なにかがあって、「そういう関係、もうぜんぶ絶ちます！」ってなった可能性もあるし。
宇多丸　結局なんにもわからないだもんね。気軽に付き合ってたぶん、脆さが露わになると切なさが湧く。
SNSじゃなくても、たとえばどっかの飲み屋でたまたま会って話すような間柄の人。名前や職業くらいは知ってる。けど、なにかがあって来なくなっても、わからないといえばわからないからね。そういう頼りなげな線でしか繋がってない関係って、ここが切れたら終わりだなってふと思うとき、ありますね。

三円ある？

シブヤタクシー（男性）

私の元トモK君は、同じ町で生まれ育ち、保育園から高校まで同級生。両親同士も友人で、家族ぐるみの付き合いをしていました。特に高校時代、彼とは自転車で三〇分程度の通学を毎日ともにし、部活のこと、模試のこと、クラスのかわいい子のこと、アレコレ会話。今思えば、彼とは子供から大人になる成長の階段を一歩一歩ともにしていたように思います。

その後、私が大学進学で東京に居を移し、そのまま就職。彼も両親伝いに大阪の大学に進学し、就職、結婚したと聞いています。疎遠なのは、物理的に離れてしまったこともその理由なのですが、彼と私との間に大きな溝をつくったある事件がありました。

それは、今思い出しても不可解な彼の懐事情でした。彼は超のつく節約家であり、ランチ代を節約するため、毎朝、自分でおにぎりを手作り、学校へ持参。それはそれで美しいことなのですが、問題は彼にとってチョイ贅沢であるコンビニのシェイクでした。

自転車通学をしていた我々。特に夏の時期は部活帰りに寄るコンビニでの冷たい飲み物が楽しみ。火照った体を休め、ホッと息を抜く至福の時間です。そこでヘビーローテだったのは某コンビニが店舗でつくる一〇〇円シェイク。ダントツのコスパ。K君もそれを楽しみに一〇〇円を握りしめ、青りんご、カルピス、サイダー、マンゴーなどの日替わりの味に対して宇多丸さんの映画批評のごとく、熱のこもった解説を展開していました。うん?

皆様、もうお気づきになられたでしょうか。K君は毎日、無駄な出費をしないように財布を持たず、コンビニシェイクを買うためだけの一〇〇円しか持ってないのです。一九八九年の導入後、全国民負担であるはずの消費税（当時三パーセント）をはなから払うつもりなどなく、私に負担させるつもりだったのです。

税込み一〇三円の支払いの際、「三円ある?」と毎回、私に三円の支払いを要求するのです。金銭的な負担よりも、節約のために友人に消費税を支払わせようとするそのマインド、また三円を払ってもらうのが当然のような態度を私は許せなかったのです。

高校二年生の夏も終わりかけたころ、私の我慢も限界に達し、K君には、「まず財布を持ってくること」「人に消費税の支払いを頼って生きていくのは間違っていること」「長い付き合いになるが、友だち関係を見直したいこと」を伝えました。

K君は一瞬ひるんだ様子を見せるも、驚きの一言。「君は、なんて小さい男なんだ」。今思い出しても、これほどナンセンスな返しもないと思うのですが、彼はあくまでも「友だちであれば三円は払って当然」というスタンスなのです。その後、私がどういうリアクションをしたのか、よく覚えてませんが、その日以降、彼と僕が話すことはありませんでした。

帰省のたびに、彼も父親になったことなど、母親がK君の近況を教えてくれます。決して彼の近況に関心があるわけではないのですが、そういった近況を聞くたび、三円を理由に彼との関係を切ってしまったことに少しの罪悪感を感じます。

宇多丸　これはいわゆる、「低み」ですよね（編注：番組でやっていた投稿コーナー。意識の「低い」行動のこと）。消費税払う気ゼロ。

宇垣　財布持ち運ばないといけなくなっちゃうからかな？　たまにだったらいいですよ。「一〇〇円しか持ってないから、ゴメン、貸して！」って。でも、さも当たり前かのように毎回されるとなると、それはちょっと違いますよね。

宇多丸　腹に据えかねているところに、「低み」にもちょいちょいある、「なにその開き直り？」っていう感じね。

宇垣　たぶんですけど、彼のほうにも若干の後ろ暗さもあったのかな。でも、素直にゴメンとも言えない。シブヤタクシーさんの伝え方も、もしかしたらカチンときたのかもしれませんね。「関係を見直す」なんて言われちゃうと。

宇多丸　そんな強い言い方をされるようなこと？ってね。そりゃ高二ですから。年齢ゆえの、若気の至りもあったのかもしれないね。

山月記の虎

チナスキー（男性・三二歳）

これは私と高校で同級生だったSとの話です。

私とSは音楽好きという共通点があり、中学時代に仲良くなりました。Sは私の知らないバンドに詳しく、色々なバンドのCDを貸してくれました。「天体観測」で大ブレイクするだいぶ前のBUMP OF CHICKENのCDを貸してくれたのもSでした。私もSに刺激を受けて、ブレイク前のバンドをディグることが喜びになっていきました。塾が同じだったことなどもあり、中学時代には一、二番くらいに仲が良かった同級生だったと思います。

中学卒業後、私とSは同じ地元の公立高校に進学。その辺りから、私とSの関係性は変わっていきました。お互い音楽好きであることは変わりませんでしたが、Sはヴィジュアル系を好んで聴くようになり、服装もヴィジュアル系の影響を受けはじめ、パンクロックが大好きだった当時の私は、それを受け入れ難く感じました。

私とSの地元はコンビニすらないような田舎にあり、高校でのカーストはヤンキー系が上位を占めていました。学校の勉強も好きでサブカル系の私は、思春期にありがちな自意識をこじらせて、徐々に田舎の地元には自分の居場所がないと感じていきました。

高校二年生のとき、現代文の授業で、中島敦の「山月記」を学びました。周りの同級生は「虎になるってよ」と、非現実的なストーリーを笑っていましたが、自意識が肥大し、プライドでがんじがらめになった自分は、「臆病な自尊心」と「尊大な羞恥心」から虎になった主人公を笑う気にはなれませんでした。

「自分が高校で冴えないのは、ここが田舎だからであって、進学して都会に出てしまえば、自分は変われるんだ」そんなことを考えていた当時の私は、放課後は真っ先に帰宅して、救いを求めるように受験勉強に励みました。私は自分が虎になってしまうことに恐れを抱いていました。

居心地の悪さはSも同様だったようで、Sは地元の田舎っぷりを揶揄するような発言が増えていました。Sは趣味でエレキベースを弾いていたのですが、文化祭でカースト上位陣が出演するバンドには加わらず、観客席で殊更に大きな声で「あんなセンスのない連中とバンドはやれない」などと話していました。

その後、私は努力のかいもあり無事都会の志望校に合格。そのころSと話をすることはほとんどなくなっていましたが、卒業式後、トイレで会った折に、自分の合格をSに伝えました。

すると、Sは耳を疑うような発言をしました。

「○○（私）は勉強しか取り得ないもんな！　俺は大学で軽音に入って、バンドでメジャーデビューするから！」

私は怒りを通り越して、あっけに取られましたが、それがSと話をした最後でした。

大学に入学したあとも、私は期待と裏腹に相変わらず冴えないままでした。

くすぶり続けた私に、悪いのは「田舎」ではなく、「自分自身」であったと至極当然な事実を気づかせてくれたのは、私を手ひどく振ってくれた大学一年生のときの彼女でした。失恋後、仲間や先輩に恵まれ、数年を経て私は高校時代を「ただただ青かった」と総括できるようになりました。

卒業式後、一度も会うことがなかったSの近況を知ることになったのは、ひょんなことからでした（卒業後のSは、髪を金色に染め、サングラスをかけ、古典的なロック野郎になっていると噂には聞いていました）。

同窓会の連絡のため、高校のクラスメートでライングループを作成したところ、Sは自分が打ち込みで作成した曲をYouTubeにアップしたから聴いてほしいと、繰り返し投稿。試しに聴いてみましたが、非常に退屈で、曲の良さも不快感すらも残らない、「何も感じることがない」曲でした。案の定再生回数はふた桁前半でした。

あまりの投稿のしつこさに業を煮やしたグループメンバーのひとりが、やんわりと投稿をやめるようライングループ上で促したところ、Sは逆上し、「音楽は自分の生きた証だ。宣伝をやめろと言うならこのグループを退会する」と投稿し、そのままグループを退会しました。

私以外の同級生達は一連のやり取りを笑ってネタにしていましたが、私は笑えませんでした。「山月記」は主人公が肥大化した自意識に食い殺される物語でしたが、私にはSが主人公のように虎になったように感じられました。

それはあり得たかもしれない、私のもうひとつの未来像でした。

宇垣　（頭を抱えながら）これはつらい……本当につらい……。

宇多丸　このS君とチナスキーさん、そしてこれをつらいと感じる我々。薄皮一枚隔てているだけで、全員同じ穴の狢《むじな》ですよ。まわりを見下すことで、肥大した自意識をキープする時期だって当然あったし。ただ、その肥大した自意識を温存したまま行っちゃうと、S君みたいになる。

宇垣　「山月記」の虎ですよね。これ、すごくわかる。

宇多丸　「山月記」の読み解きとしても、かなり深い洞察だと思いますよ。

宇垣　田舎出身者からすると、都会に出ないとヤバい、という焦りはすごくわかります。そうしないと自分はこのまま終わってしまう、という感覚があるんですよね。別に場所のせいじゃないというのは、後になってから気付くんですけど。

宇多丸　あと、僕もいまだに音楽活動してますけど、見る人によってはやっぱり「まだやってんの？」って話でもあるでしょうからね。そういう意味では、S君の気持ちがすごくよくわかる面もある。S君は、ちょっと自分を客観視できてないところはあるけど、でも、オレはやり続けてるぜ！っていう自負は当然あっていいと思うんですよ。

宇垣　その強さは、ある。

宇多丸　そうそう。だからこそチナスキーさんも、S君を、ただ滑稽な人として笑うことはできない。なぜなら、ありえたかもしれないもうひとつの自分の姿でもあるし、やめてない分、彼をあざ笑うほかの人たちより彼のほうがやっぱりすごいんだ、とも言えるわけで……。

宇多丸&宇垣　……はぁ〜〜……（遠い目）。

借りっぱなしのレコード

玉ピロ（男性・二七歳）

これは中学生だった僕とおじさんの話です。

当時、近所のダイエーの裏手に四畳半ほどのスペースしかないボロい建物のお店がありました。そこはオリジナルTシャツやオリジナルマグカップなどを作ってくれるお店でした。

外から覗いたときに見えた、見本の小さなTシャツに大量に付けられたサンプルのバッジ。その中にひとつだけ、自分の好きだったバンドのバッジらしき物があると気づき、店内に入って店主のおじさんに話しかけたのが最初でした。

「あー、そうそう。それはうちで作ってるやつじゃなくて昔一回だけライブに行ったときのバッジだよ。君好きなの？」

おじさんは見た目四〇代後半くらいで、ギョロ目でサンダーバードの人形みたいな顔でした。厚かましくも「このバッジ欲しい」と言う僕におじさんは快くバッジをくれました。それからというもの、放課後毎日のようにお店に通い、何を買うでもなく入り浸り、おじさんとロックの話で盛り上がりました。

おじさんは昔バンドをやっていて、就職したけど途中で辞めて、今はこのお店で仕事をしながらYouTubeやDVDで古い洋楽ロックの映像を見て過ごしていると言っていました。

僕が行くたびに古いロックの雑誌やミュージックビデオを見せて「このバンドどう思う？　悪くないと思うんだけどなぜか売れなかったんだよね」とか「君はその歳でよくこんなのも知ってるね。じゃあこれも聴くといいよ」とCDを貸してくれたり、僕にとっておじさんは古いロックの話が通じる数少ない友だちのような存在でした。

中学二年のある日、おじさんが「明日お店休みだから家に来ないか？」と言ってきました。僕は内心「これはやばいやつかな……」と不安になりましたが、一瞬脳裏によぎったマイケル・ジャクソンの顔を振り払って「行きます」と答えました。

次の日、おじさんの家に行くとおじさんはエレキギターをアンプに繋いで「久しぶりだけど」と言いながらギターを弾いてくれました。それからおじさんのレコードコレクションを聴いたり、ロックのビデオを見たりしてだらだらと過ごしました。帰るころになって「俺はもう弾くことないと思うから」と、そのギターをくれました。

高校に上がってからおじさんの店に行く頻度は少なくなりましたが、たまに行っては自分が友だちとバンドを組んだ話や、前と同じように他愛もない話をして過ごしました。一度だけ僕がライブに出たときにも見に来てくれて「かっこよかったよ。ギターが似合ってた」と、褒めてくれました。

最後におじさんと会ったのは僕が浪人していた二〇歳のとき。久しぶりにおじさんの家でレコードを聴いて、「二〇歳になったんだよね」と一緒にお酒を飲んで。帰り際に「これは大事なやつだから絶対返してね」と、おじさんのレコードコレクションの一部を貸してくれました。

翌年、僕はそのレコードを返せないまま上京して進学。数年後に帰省したとき、久しぶりにお店に行ってみると既に更地になっており、おじさんのお店はなくなっていました。おじさんの住んでいたマンションの前まで行ったけど、借りっぱなしのレコードが引っかかり、そのまま帰宅。
僕はもうバンドをやっていないし、おじさんのお店もない。借りっぱなしのレコード。
おじさんにレコード返して、またロックの話がしたいです。

宇多丸　これも普通に短編小説だよね。いい話だよ。

宇垣　家族でもなく、同年代の友だちでもなく。ただわかってくれて、応援してくれる人がいるって、どんなに素敵なことだろう。

宇多丸　このおじさん、ちょっと人生に陰がある感じが素敵ですよね。それでもやっぱり若い友人ができて嬉しかっただろうし。「オレはもう弾くことはないから」ってギターをあげるくだりも、さらりとしてるけど、一回弾いてみせて、それから渡すのがニクい。

宇垣　「ギターが似合ってた」って言うのも、いいですよね。

宇多丸　しかも最後に、レコード返してないっていうオチがついて。ちなみにこのレコードは、まだちゃんととってあるんでしょうね？　おじさん、意外とこの番組聞いてたりするかもしれないよ？　どうする？　カンカンに怒ってたら。「ふざけんじゃねえよ！」って。

宇垣　「はよ返せ！」。やだー。

宇多丸　ハハハ。

メタルギアソリッド2

まぐろ汁（男性・四〇代）

私の

大学時代からの友人Tのことです。

Tは大学の同期で、同じ合唱団のサークルで出会いました。何かと気が合うやつで、遊ぶときは常に一緒にいました。酒はそんなに強くありませんでしたが、飲もうと言うと付き合ってくれ、そのまま後輩の家で徹夜で「桃鉄」をやるなど、私の大学時代の記憶はTと遊んだことが大部分と言っていいほどの付き合いでした。

大学を出てからも、同期の指揮者が新しく作った合唱団に入り、一緒に歌っていました。そんなある日のこと。

私の記憶がたしかならば、二〇〇二年二月のことです。その日は合唱団のステージがありました。無事に本番を終え、打ち上げを行いました。盛り上がった我々は、二次会で宅飲みをしようと一人暮らしだった私の家に何人かで移動しました。何人くらいいたのか何を話したのかは、今となってはほとんど覚えていません。ほどなくして私は眠ってしまい、ウチに来た人間も帰っていたようでした。

ただ、Tは残っていました。何をしているのかと思ったら、私のPS2で私がまだクリアしていなかった『メタルギアソリッド2』を延々とプレイしていました。「こいつは本当にゲームが好きだなあ」と思いながらTのプレイを見ていました。

そしてとうとうTはエンディングにたどり着きました。Tは満足したのか、エンディングムービーが終わると「じゃあ、帰るわ」と言って部屋を出ていきました。玄関まで見送り、「じゃあまた」と言って別れました。今まで何度も繰り返してきた、いつもの光景です。

そしてその後、Tとは連絡が取れなくなりました。合唱団の練習にも来なくなり、メールや電話をしてもなしのつぶて。電話番号やメールアドレスを変えてはいないようなのに、連絡がつかないのです。そうして彼は私たちの前からフェードアウトしていきました。

二、三年前、合唱団のメンバーの女性がTに会ったと言っていました。私は驚き聞いてみると、Tは結婚して（しかも相手は私も知っている大学の同期）、市内に住んでいるとのこと。ただ、彼女もあまりに突然のことで連絡先など聞くのを忘れてしまったそうです。

なぜ彼が突然私たちの前から姿を消したのかはわかりません。今さらそれを知ろうとも思いません。ただ、もう一度飲んだりカラオケに行ったりして遊びたいな、と思うのです。

宇多丸　これは……しんみりもするけど、不穏さも残すエピソードですね。『メタルギアソリッド2』というゲーム、実はエンディング付近はかなりエグい展開になっていくんですよ。ずっと信頼していた人物が信用できなくなっていくような。そのせいかな？

宇垣　それはさすがにないでしょう。だって、相当ですよ？　メールや電話まで完全無視するって。Tさんのほうに、距離をとらなきゃいけない理由ができたのかもしれない。実は悪の組織に追われていて、まわりの人に危害が及ばないように、とか……。

宇多丸　そのほうがないよ！　あとはあれじゃない？　『メタルギアソリッド2』をプレイしてるときにさ、なんでオレ一人だけプレイさせてんだよ！　オレさびしかったよ！って怒っちゃったのかも。

宇垣　それもないでしょ。

BEER
BEER

エッセンス

テリーバンバン（男性・三三歳）

僕には、小学校から高校まで同じだった親友……いや、「大親友」のTくんがいました。Tくんはセンスもよく、頭の回転も速く、だれからも一目置かれる存在でしたので、引っ込み思案で根暗オタク気質だった僕にとって、「親友」であると同時に「憧れの目標」でもありました。

Tくんはカラオケが好きだったので、いっしょに歌いたいがために「ケツメイシ」のCDを買って聴き込んだり（もちろんパート分けも完璧に）、Tくんが、最新の音楽情報のためにラジオを聞いていると言っていたのでラジオを買って「深夜ラジオ」を聞いてみたり。

Tくんが、バンドを組みたくて「ベース」を募集していると聞いて、なけなしのバイト代をはたいてベースを買ってきて練習したり、卒業旅行でみんなでドライブ行きたいなんて聞いて、高校卒業前に車の免許をとって大きめな車を手に入れたり、Tくんが心理学に興味があるといったので大学の志望先を「心理学部」にしたり……。

今思えば、僕は、Tくんに認められたくて「青春時代のいろいろを頑張ってきた」気がするくらい、Tくんには影響を受けて生きてきました。

ところが、そんな小学校から一緒だった僕とTくんが、離ればなれになるタイミングがやってきます。大学は「心理学部」をうけるといっていたTくんが、何を思ったか突然「ギターをつくる仕事がしたいから」とギタークラフトの専門学校に行くことにしたのです。

僕は、なんなら同じ大学に行くんだろうな、くらいに思っていましたので、知ったときはかなりショックでした。しかし、だからといって「僕もギタークラフトを目指す」とは言えなくて……。結局、このタイミングでTくんとは別々の道に進むことになりました。僕はその後、無事心理学部に合格。地元をすこし離れることに。

別に喧嘩をしたわけでもないので、はじめのうちはTくんと連絡をとりあっていたのですが、だんだんとその頻度は減り疎遠に。僕は、そのうち大学でも、一緒にカラオケにいったり、同じ深夜ラジオにはまっている話で盛り上がったり、バンドを組んだり、ドライブに行ったりする友だちができ、すっかりTくんと連絡をとることもなくなってしまいました。

僕は、大人になったいまでは、中高時代と違い、友だちも多いほうの人間です。「天体観測」や「映画」「写真」など、自分で見つけた趣味も多くあり、Tくんなしでも充実した日々を送っています。

ですが、「僕が好きになるもの」はいまだに「Tくんが好きそうなもの」であり、「Tくんに褒められそうなこと」を意識して行動してしまっているなあと気づくことがあります。また、そうすることで不思議と「センスよく」ふるまえている気がするのです。いまの僕の友人たちは、僕のことを「面白い視点を持つヒトだね」とか評価してくれることがあるのですが、それはひょっとして僕を通して見える「Tくんのエッセンス」を評価しているのかもしれない、と考えることがあります。

宇多丸　先生に近い友だち、というのかな。こういう存在ってありがたいよね。ここで大事なのは、テリーバンバンさんはT君の背中を追いかけていたんだけど、そこで得たものをちゃんと我が物にして、そのあと自分の世界を広げるのに成功したことですよ。だから本当に「教え子」ですよね。友だちに限らず、憧れている作家だったりミュージシャンだったり映画監督だったり、そういう人の物の見方を真似ているうちに自分の見方ができていくことってあるから。

宇垣　中二病って、一生治らない。そこで摂取したものが、もう染みついちゃうんですよね。

宇多丸　一四の魂は永遠ですよ。そのころがいちばんものを吸収するし、時間もあるから咀嚼もするし。何度も何度も反芻してね。それが文字通り、「血となり肉となり」ということだから。だから僕はこの投稿者さん、いいタイミングでいい友だちに出会えたなと思いますよ。

下ネタを言う女子

東北自動車道（男性・一九歳）

これは、つい一カ月ほど前のことです。

僕は現在、大学一年生の一九歳です。高校時代までずーっと生まれ育った東京を離れ、昨年四月、僕は愛知県の国立大学に入学しました。

中学・高校と男子校に通っていた僕は、極度の女の子アレルギー。当然、規模の大きい国立大学には女の子がいっぱいいるわけで、入学したばかりでまだ高校生気分が抜けきってない僕は、小学校以来六年ぶりの「女の子」とのふれあいに、緊張と新鮮さとちょっぴりの嬉しさを感じていました。

とはいえ、男子校でもそんなに友だちができなかった僕に、仲の良い女の子なんてできるはずもなく、「大学で仲の良い女の子をつくるんだ！」という入学当初の強い意気込みはどこへやら、僕は、僕と同じようにラジオを聴くのが好きな、陰気で、イケてない感じの男子と時々話すくらいで、自然と女の子を避けるようになっていました。

しかし、そんな僕に興味を持ってくれる女の子が現れました。仮にその子の名前を「アキちゃん」としておきます。

アキちゃんは、女の子なのに人前で平然と下ネタを話しちゃう、いわゆる「ぶっ飛んでるヤツ」だったのですが、男子校に六年間軟禁された僕には「下ネタを言う女子」がとても新鮮で、心のどこかでアキちゃんのことが印象に残っていました。

そんなアキちゃんから、ある日僕にラインが来ました。僕は女の子からラインが来たことなんてなかったので、すんごくびっくりしました。アキちゃんへの返信を考えるのはとても楽しくて、さらにアキちゃんから返信が来るのが嬉しくて、僕は男子校では味わえなかった「青春」をいつしか味わっていました。結局その日は、三〜四時間くらいずーっとラインをしていました。

しばらくすると、アキちゃんが突然「家に遊びに行っても良い？」と言ってきました。

僕は「家に女の子が遊びに来る」ということがなかったのでとても驚きましたが、すぐに快諾し、結局その子は僕の家にひとりで遊びに来ました。僕は女子との自宅での遊び方がわからなかったので、とりあえず好きなお笑いのテレビを見たり、お菓子を食べながら雑談していました。

その後アキちゃんは「疲れた」と言って、真っ昼間から僕の部屋にあるベッドで寝転がったりしました。どうすればいいのかわからず、ただただそれを眺めていました。

そんな感じで、アキちゃんとは仲良くしていました。

そんな日々がずーっと続くのだと、そしてあわよくば、僕にとって人生初の彼女になるのではないかと、僕は正直思っていました。しかし、別れは突然、不可解な形で訪れました。

今年の年明け、ふとサークルのライングループを見ると、「アキちゃんが退会しました」と表示されていたのです。

その後、サークルでも「アキちゃんはサークルを辞めた」と発表があったのですが、その際に理由は明かされませんでした。

そのころサークルでは、ツイッターの質問箱に匿名で誹謗中傷が送られてくる事件が多発していたので、ひょっとしたらそれが関係しているんじゃないかなという気はするのですが、正直、周りの人にどうして辞めたのと聞ける雰囲気でもなく、アキちゃんがサークルを辞めた理由はわかりそうにありません。

アキちゃんはサークルを辞めて以来、音信不通になっているのですが、僕は今でもたまにアキちゃんのことを思い出しては、元気かなぁ……と思ってしまいます。

宇多丸　女の子が突然姿を消したという意味では……東北自動車道さんは、『バーニング』（イ・チャンドン監督、二〇一九年）という映画を観たかな？

宇垣　ないよ、ないよ。

宇多丸　そのサークルに、謎の金持ちのベンみたいなやつ、いませんでしたか？　イケメンで、笑ってるんだけど目が笑ってない人は？

宇垣　こわいこわい！

宇多丸　みんなで楽しそうにしてるけど、あくびがばれると、愛想笑いをする人。休みの日になると、なぜか田舎のダムの前に佇んでいる人は？

宇垣　こわいよ。やだ。そんな事件性はないはず。

宇多丸　あとそうだ、「僕と同じようにラジオを聴くのが好きな、陰気で、イケてない感じの男子」って、失礼だろ！

宇垣　急に怒らないでください。

私たちは双子だね！

むじこ（女性・二六歳）

自分の中で忘れられない「元トモ」がいます。

それは大学生時代、一年間休学をしてイギリス留学していたときに出会ったパナマ人の女の子。異国の地で孤独に生活していた私に、チャーミングな笑顔で話しかけてくれた彼女は「同い年」で「誕生日が一日違い」。思わず運命を感じ「We are Twin!（私たちは双子だね！）」と初対面で言ってしまったことを覚えています。

毎日毎日一緒にいて、ビーチに行って遊んだり、小旅行に行ったり、英語の練習をしたり、言葉は完全に通じないにしても、心が通じ合っている「親友」であるとお互いに思っていました。私たちの合言葉は「We are Twin!」。

あるとき、自分の中で一生忘れられない出来事が起こります。ふたりでスペインのバルセロナへ旅行に行ったときにそれは起こりました。彼女は母国語がスペイン語なので通訳はバッチリ。ふたりでマンションの一室を借りて料理したり、ガウディの建築を目指したり、ビーチに行ったりと本当に充実した日々を過ごしていたときでした。

その旅行の途中、彼女が突然道端で、「……パスポートがない」とつぶやいたのです。パニックになる彼女と私。急いで来た道を戻ってもパスポートは見つからず、号泣する彼女。「領事館に行ってパスポートを再発行してもらえば大丈夫だよ」と必死に慰め、次の日に領事館を訪問することに。

翌日、彼女と二人で領事館に行くと、スタッフから衝撃の一言を発されました。「パスポートの再発行は受け付けていません。あなたは国に強制帰国となります」。どうやら普通ならパスポートが発行できるはずなのに、特別な期間に当たってしまい彼女の自国へ帰ることしかできない「赤紙」しかもらえないと。

本来であれば、このまま旅行を続けて、一緒にイギリスに戻り彼女も同じく留学生活を続ける予定でした。すっかり沈んでしまった彼女と、なんと声をかけていいかわからない私。

突然訪れた別れをまったく消化できず、旅行の数日間を過ごしました。

そして、スペイン旅行最終日。彼女は自国へ帰る飛行機に乗るため一足先にスペインを離れることに。大好きだった彼女との突然の別れに、感情も、言葉もついて行っていません。どうやら彼女も同じようで、二人とも無言で駅に向かいました。

彼女の乗る電車がやってきました。「Bye Bye」と悲しそうな目で言う彼女。あまりのことで、きっとこの気持ちは言葉で表すことができないだろうと思った自分は別れ際に、その前日に書いた手紙をわたしました。そして一言、気持ちを込めて。「We are Twin, Always（わたしたちは、いつも双子だよ）」

それが彼女との最後の会話でした。

それ以降彼女とはSNSでたまーに連絡を取り合う仲です。いつかパナマに行きたいと思っていますが、どうしても二〇時間以上かかる長旅に踏み出せずにいます。毎年自分の誕生日が近づくたびに、遠く異国にいる誕生日の近い彼女のことを思い出します。そして、いつでも思うのです。たとえもう会えなくても決して忘れられない大切なTwinだと。

宇多丸　「We are Twin!」ってパンチラインが要所要所で効いてる。

宇垣　こういうとき、ＳＮＳがあるのっていいですよね。連絡がとれるから。これはもう、元トモじゃないですよ。距離が遠くても、このふたりはいつまでもツインですよ。

宇多丸　美しい話ですよ。いつか再会できるといいですね。

転売業者さん

しゅうちゃん（男性）

近所の良心的なリサイクルショップに通ってるうち、仲良くなった常連客のおじさんがいました。

おじさんはリサイクルショップで安く仕入れたものを転売する業者さんで、非業者の私には敵対心を感じなかったようで仲良くなりました。車であちこちのリサイクルショップに連れていってくれたり、週に三〜四度会っては二〜三時間は話し込む仲でした。

そんなある日、リサイクルショップで私が高値で売れるらしい名品を安く買ったことに腹を立てそれがきっかけで一気に疎遠になりました。趣味で買っている私にはさっぱり解りませんが、転売が仕事のおじさんは面白くなかったようです。

それまでは二周り以上歳の離れたことを意識させないほど仲のよかった人でした。現在週に三度は顔を会わせるんですが、一年以上目も合わせてきません。

人間どこで元トモになるのか解らんもんですね（遠い目）。

宇多丸　これも「低み」だよね。転売のおじさんからすると、「遊びじゃねーぞ！」ってことなんだろうけどさ。

宇垣　「知らんがなオブザイヤー」という感じですけどね。

宇多丸　転売自体はグレーなんだけど……このおじさんの大人げなさもすごいな！

宇垣　思いのほか相手が小さかった。「目を合わせてこない」って面白くないですか？　なんかかわいい。

宇多丸　週に二、三度はまだ顔を合わせてるし。どんだけリサイクルショップ行ってるの、ふたりとも。

宇垣　人生、いつ元トモになるかわからんものですな。

シーラカンス

都会のムササビ（男性）

僕の疎遠になった友だち、元トモは小学校時代の友人、武《たけ》くん（仮名）です。何がきっかけで仲良くなったのかは忘れましたが、武くんと僕はまさに親友でした。

あるとき、武くんが「うちに泊まりにこない？」と僕に言ってきました。しかもお泊まりのお誘いを受けたのは僕だけです。僕ももちろん二つ返事で「いいよ！」と言いましたが、小学校中学年の僕が公式ではなく、プライベートで自宅以外にお泊まりするのは初めてのことです。

ババアに泊まる旨を伝えたところ、「向こうのお家にご迷惑じゃない？」などと当初は反対されましたが、なんやかんやあり、泊まる際に親同士も挨拶するかたちでお泊まり会は実現しました。僕は武くんと一緒にお風呂に入り、お湯をかけあい、武くんのお母さんの手料理を食べ、夜は遊戯王のアニメを一緒に見て小学生にしては夜更かしをして遊びました。こうして忘れられない初めてのジャパニーズスリープオーバーを僕たちは過ごしたのです。

まさに唯一無二の友だちだった武くん。遂には、武くんの家で買ったばかりの『どうぶつの森』で遊んでいると、なんと武くんが「都会の部屋つくっといたから！」と僕の部屋までつくってくれていたのです！　ほかに部屋があるのは武くんの家族だけ。もはや僕たちは親友どころかファミリーになっていたのです。しかし、まさにこの『どうぶつの森』こそが僕たちが疎遠になる原因となったのです……。

『どうぶつの森』でかなりレアとされるシーラカンスを僕が釣ったときのことです。釣った魚は図鑑に登録されるのですが、僕が釣ったシーラカンスを武くんに見せると、武くんがシーラカンスは自分が釣ったと主張しだしたのです！　お互いに主張は平行線のまま、結局どちらがシーラカンスを釣ったかで絶交しました。

今考えればどっちでもええわー！という話ですが、お互い若すぎたんでしょうね……。

小学校時代は喧嘩してもすぐに仲直りパターンがほとんどだと思いますが、武くんとは仲が良かったぶん、お互いに歩み寄れなかったのだと思います。

その後は、記憶の断片を辿ると落とし穴やら武くんがこっちグループに空き缶を投げてきたやらで、亀裂が決定的なものとなった気がします。


武くんとは中学で一度同じクラスになりましたが、そのときも気まずさが拭えないまま、お互いに何となく、しかとして過ごしていました。お泊まりのときに懇意にしてくれたお父さんのAVを、武くんが見つけたとクラスで話題になっていたときも僕は笑えませんでした。武くんも僕もいじられることは多かったのですが、そのときお互いをいじることはありません。関係は完全に冷え切っていたのです。

中学からの友だちからは「昔、都会と武仲良かったんでしょ。意外だなー」と言われる始末。しかし僕はその友だちに武くんと仲が良かったなど一言も言っていないのです！　その情報は武くんが言ったとしか考えられないのです。今思えば武くんも僕のことをどこか気にしてくれていたのだと思います。

しかしその後も普通に会話することもなく、高校は別になり、いつだか武くんが結婚して子供ができたと風の噂で聞いたのが最後の情報です。かたや僕はいまだに女性とお付き合いすることもないまま、こうして元トモに思いを馳せるのでした。

宇多丸 なんだか、ささくれるなあ、この話。

宇垣 疎遠になったきっかけもよくわからない。

宇多丸 ま、子供っぽい意地の張り合いが引っ込みつかなくなっちゃって、というパターンはちょいちょいありますけどね。向こうもなんだかんだでこっちのことを気にし続けてはいたらしい、というのがまた、ささくれ感を増してますよね。

富士山！

すたろど（男性・一七歳）

疎遠

になった友だちということで思い出してみると、自分は中三のころの野球部で丸坊主の「フジヤマくん（仮名）」を思い出します。

フジヤマくんと初めて出会ったのは中一で、仲がいい友だちになり、再び同じクラスになったのは中三のときでした。三年生になった僕とフジヤマくんは当時特有の自己顕示欲に身を任せ、友人数名を誘って YouTuber になろうと考えました。

メンバーが集まってしまえば、あとは撮影、編集と流れるように進んでいきました。自主制作のゾンビ映画を撮ったり、三本勝負と題してバラエティ番組的なものを撮ったり、完全に内輪受けで人気も出ませんでしたがとにかく楽しかったです。

回を重ねるごとにフジヤマくんの芸風も確立されていきました。上半身裸で当時ブームでもなんでもないパッション屋良さんの胸を叩くギャグを真似したり、「富士山！富士山！　わっしょい！　わっしょい！」と叫びながら踊りまわったりと、本当に中学生レベルのことをやってました。

そんなこんなで「楽しい」を優先して動画を投稿して半年が経ったころ、先生にバレました。職員室に呼び出され、目の前で動画を再生されたときはもう顔面真っ赤でした。その瞬間は楽しくても、いざ冷静になって動画を見るともう目も当てられない感じで……。解散と動画の削除を命じられた僕らは渋々了解し、職員室をあとにしました。

数日後、全員の家にも電話が行き、両親にも僕たちの動画は見られてしまい、まるでオナニーを家族に見られたような地獄の日々でした。特に厳しく叱られたのがフジヤマくんだったらしく、その騒動のあとは申し訳なさからなんか気まずくなってしまって、高校進学を機に一切連絡を取ることもなくなってしまいました。

時が流れて高二。当時の YouTube 仲間とも疎遠になっていたころ、ツイッターを見ているとタイムラインにフジヤマくんが高校野球に出場しテレビ中継されている画像が流れてきました。

彼も頑張っているんだなぁと思いつつ、フジヤマくんのアカウントをフォローしました。

宇多丸　SNS時代というか、なんというか……「富士山！　富士山！　わっしょい！　わっしょい！」

宇垣　アホかわいい！

宇多丸　けど、先生に呼び出されて解散と削除を命じられるって、そこまで悪いことしてるかな……？

池澤　先生的には、五年後一〇年後に発掘される危険をこの子たちに負わせてはいけない、という親心だったのかも。

宇多丸　なるほど！

宇垣　高校野球出たあと、その動画が出回ったらどうするん？　と。

宇多丸　確かに。なんならそのあとにプロ野球行くかもしれませんからね。

宇垣　そう思うと、先生、よかった。

宇多丸　でも、楽しそうですよね。ゾンビ映画撮ったりしてさ。

トモフスキー　なのに、これで疎遠になっちゃうんだねー。

宇多丸　まさに、「大人が僕らを引き裂いた」っていう典型的状況ですよね。我々が子どものころはインターネットなんてなかったですけど、当時あったら、音源とかアップしてたかもしれないですよね。

トモフスキー　そうだよね。メジャーデビューの必要がないもんね。うらやましいよ。

結婚式の招待状

わたるんげん（男性・四二歳）

僕の

元トモは高校の同級生、M林君です。高校のとき、それはそれはゲームばかりしていて、友だちもゲーム好きが集まり、そのひとりがM林君でした。普段、僕は話すより聞くほうなのですが、M林君といるときはなぜか自分が話すほう。彼には自分の思っていることや考えを素直に話せるのです。気づくと高校時代いつも一緒にいる存在になっていました。

高校を卒業するとお互い違う大学へ進学しますが、その関係は変わることなく、やがて社会人になっても自然に続いていました。初めて自分たちの給料で旅行しようということになり「飛行機に乗りたい」というだけで福岡へ。

高校のときはゲームのことばかり話していたのに、そのころには将来のことや恋愛観まで話すようになっていました。

感覚的にこの関係はずっと続くのだろうと思っていましたが、やがてそれは訪れます。

お互い三〇歳という年齢が近づいてきたある日、M林君から結婚の連絡が来たのです。結婚式の招待状には、友人代表の挨拶のお願いも添えられていました。お付き合いをしていたのは知っていたし、何よりおめでたい。挨拶を任されるのは光栄なことです。しかし、ちょうど僕はそのころ深い失恋の中にいて、なぜか素直に喜べなかった自分がいたのです。

僕は連絡を一切拒否し、結婚式の招待状も返事をしないままにしていました。今にして思えばなぜそんなにかたくなだったのかわかりません。幸せになることへの嫉妬や妬み、そんな思いがずっと体の中を支配していました。なんて自分勝手だったのでしょうね。

しかし、結婚式まで一週間ほどに迫ったころ、取り返しのつかないことをしているんじゃないかという思いがよぎり、急いでメールを送りました。「出席だけでもさせてほしい」その無理なお願いを、彼は聞き入れてくれました。

急な席でほかの友人とは別の席。そこから、僕が話すはずだった友人代表の挨拶を、別の友人が話すのを聞きながら、祝福と謝罪の入り混じった複雑な気持ちで座っていたのを、今でもよく覚えています。

その後は、申し訳ない気持ちから連絡が取れず、そのまま……気づくと疎遠になってしまいました。時間は戻せませんが、もし戻せるならあのころへ行って心から祝福したい、考え抜いた僕の友人代表の挨拶で喜ばせたい。

今でもふとしたときにそう思うことがある、僕の元トモの苦い思い出です。

池澤　複雑ですよね。自分の中の引っかかりが、勝手に罪悪感を育てていってしまう。メールの返信って、一日出さないと三倍くらいに重くなりませんか？

宇垣　わかります。いっそ携帯が壊れたことにしたい、みたいな。

宇多丸　まして結婚式の招待状はさらに重い。でも、あらためて呼んでくれたんだから、M林君はそんな変なふうには思ってないはずですよ。

池澤　わたるんげんさんは、もう一回行きたいと言えたのはすごいと思うし、

祝福と謝罪の気持ちを抱けたのもすごいし。今トモに戻れる気がするなあ。

トモフスキー　わたるんげんくんさ……こんなに思ってるんだったら、連絡取ればいいよ！

池澤　そうそう！　すごく気楽に、「ごはん行こうよ！」って。

宇多丸　詫びはあとからでもいいですからね。

Mへの贖罪

かおり（女性・三〇代）

中学時代、私はアニメ好きの友人、Mと知り合いました。

地域がら、当時からすでにアニメやゲームはポピュラーな趣味として、オタク・ダサイのようなイジメはなく、アニメやゲーム好きなクラスメイトは何人かいましたが、私がMと急速に仲良くなった理由、それが、ラジオでした。

同級生何人かに「ラジオ聴いてる？」と尋ねても、聴いていると答えてくれる人は、なかなか見つからず、「ラジオ、面白いのになぁ……どうしてみんな知らないんだろう」とひとりしょんぼりしていたころ、「ラジオ、聴いているよ」とついに見つけたリスナーがMでした。

私は嬉しくて、実際に跳び上がるほどの嬉しさで「本当?! どんな番組聴いているの?」とできたばかりの友人Mと情報交換をしたりラジオの話で盛り上がり、急速に仲良くなりました。

その、Mが好きだった番組のひとつが、当時TBSラジオで放送されていた、池澤春菜さんのラジオ番組です。

そう……、八〇年代生まれの私たちにとって、池澤春菜さんはレジェンド。

話は飛びますが、Mと疎遠になった理由です。

ある日私が放課後Mの姿を探していると、部活の友人たちと談笑するMの姿が。

私はその光景を見て「アニメの話以外もできるんだ……というか、私といるときより楽しそうじゃない?」と勝手にこじらせ、学年が変わると同時に距離を置くようになりました。

ラジオの話になると、池澤春菜さんの番組の話ばかりする、とにかく池澤春菜さんが大好きだったM。

SFマガジンでたまたま池澤春菜さんの連載を見つけ胸がチクリと痛み、「アトロク」で初めてゲストに来ていただいたとき胸がチクリと痛み、「元トモ」コーナーに池澤春菜さんが出演されると聴いて、これは当時の友人Mに謝罪をする意味を込めて投稿しろ、と責められているような気がして、贖罪の意味を込めて投稿させていただきました。

宇多丸　ちなみにこれ、生放送中に来たメールです。
池澤　わたし、気になったことがひとつあるんですけど……今日、Mが付く人の投稿、多くないですか？（編注：ひとつ前の「結婚式の招待状」も同日放送）
宇多丸　たしかに。「Mは疎遠になる」！
トモフスキー　最近さ、オレ、MRI（編注：磁気で身体の臓器や血管を撮影する検査）受けて曲をつくったんだけど、サビでMを連呼してる。オカルティー！
宇多丸　ははは！
宇垣　わたしもMじゃん。「美里」。
全員　あっ！
宇垣　やだー。疎遠を呼ぶMなのかしら。

宇多丸　今週で「TBSアナウンサー」という肩書がなくなるからね（編注：この放送のあった二〇一九年三月最終週で宇垣美里はTBSを退社）。この番組とも疎遠になるという現象が起こったらどうしましょうね。

宇垣　やだー。

料理教室の仲間

匿名希望（女性）

今から八、九年ほど前、私は某バンドにハマっており、二〇一二年にバンドが解散するまで仲の良かったライブ友だちが十数人ほどいました。

皆、そのバンドの熱心なファンで関西圏の友だちが多かったのですが、みんなで福岡、山口や東京、金沢等いろんなところへバンドを追っかけて旅行したり、ライブのあとは一晩中語れるくらい仲が良く（ダメだしが九割で最後に「それでも好き」と愛で締めくくる集まり）、定期的にそのバンドのファンミ（もちろんバンド本人たちはエア参加）を開いたり、メンバーの誕生日会をしたり、ライブがあれば行く行かないの点呼、約束なくともライブハウスに足を運べばみんないる、というようにとても濃厚な時間を楽しんでいました。

しかしその時期、みなが「お年頃」だったこともあり、既婚者、私をのぞいた独身一人中九人が結婚するという事態に。

もちろん全員の結婚式に出席しました（話は変わりますが、なぜか負い目があり、素直にバンド仲間です、とご両親に言えず「料理教室で知り合った」ということにしていました）。

そんな「元トモ」たちとなぜ疎遠になったかというと、結婚やその後の出産もありましたが、一番大きかった原因はありがちですがバンドの解散です。

好きな音楽が似ているので、別のバンドにも参加者が多かったのに……。それもほとんどなくなり、今は一、二年に一回会えるか会えないか……。

なぜかみんな「ライブに行くの、ちょっと冷めちゃった」状態に。

あの濃厚な時間に比べると「元トモ」ってこういうことなのかも、と思いました。

宇多丸　僕で言えば初期ハロプロのファンだった時代にありましたね。どこに行っても同じメンツで集まって朝まで飲んでは、「九割ダメ出し……からの、でも好き！」っていう。

その後は、グループ自体の変転を受けてファンも移り変わっていく、ってパターンだったと思います。

あとはやっぱり、クラブ遊びもそうだけど、人生の転機、要は結婚とか出産とかで、だんだんメンツが減っていく。これは致し方ないことですよね。逆に、クラブで言うなら、僕らと同年代の仲間がいまだに「オレ、これからハーレム寄ってきますんで」とか言ってるのを聞くと、「まだその感じだ!?」って羨ましく思ったりもしますけど。

いずれにせよ、熱気があったときほど、冷めたあとの落差が激しいというのはあるかもしれませんね。

僕のヒーロー

イルカ投下（男性）

心に

引っかかっていた私の元トモですが、小学校で出会ったK君についてです。

K君とは小学一年でクラスメイトとして出会い、以降、私が引っ越してしまう小学五年まで同じクラスメイトであり、家もそこそこ近所であったため放課後もよく遊ぶ友だちでした。

K君はスポーツ万能で部活はサッカー部、小学校のカーストの中では最上位にいるような人で、私はというと、性格は暗くはなかったと思いますが当時は肥満児でスポーツはまったくできず、これといって特技があるようなこともなかったためクラスの中では端にいてゲームや漫画の話で盛り上がっているような感じでした。

そんなK君と共通項がほぼない私がずっと仲良くできたのは、ひとえにK君の誰にでも優しく、さっぱりした人柄にあったかと思います。

ある日、K君と遊ぶ約束をして近所の公園で待っていると、いつも虚勢を張っていて私が苦手としていた同じクラスのN君が偶然通りかかりました。私の体型のことなどイジってきて嫌な思いをしていると、突然道路の向かい側から「その言葉、俺にも言ってみろよ!」と一喝する声が聞こえ、待ち合わせをしていたK君が立っていました。その後、どんな言葉のやりとりがあったか覚えていないのですが、K君の一喝でN君がたじろいで去っていったのを覚えています。K君の正義感の強さに惚れ、友情を感じた瞬間でした。

そんな中、家庭の事情で小学五年になりたての時期に私が引っ越すことになり、クラスではお別れ会など催してもらい、その最後、別れ際にK君と数人の友だちと再会の約束をしつつ、引っ越し先への行き方として電車の乗り継ぎ方法など伝えました。

「この駅まで来たら、いったんホームから下りて、「手前」にある階段を上って出るホームの電車に乗ればあと数駅で着くから」と、この頃はまだ「○○方面の電車」などという情報はいまいち理解できていなかったためそんな案内しかできず、その日は別れ、私は引っ越していきました。

それから一カ月も経たない休日の午前中に突然K君から電話があり、「そっちに行くのって○○駅で「手前」の階段あがって電車に乗るんだよね？」

内心、来てくれるのか!?とワクワクを抑えつつ「そうだよ、どうしたの？」と問いかけると、K君は「いや、じゃあな」とだけ言い残し電話は切れました。

しかしその日、待てど暮らせどK君からの連絡はなく、訪問者もなかったので、別に会いに来てくれているわけではなかったか、とすこし残念に思いながら床についたのを覚えています。

その後、K君から連絡が来ることはなくなり、私も引っ越し先でできた新しい友人との交友が深まってきたこともあり、なんとなく連絡を取らなくなってしまいました。


高校生になり、突然一人で昔住んでいた町にフラッと行ってみようかなと思い立って、電車の乗り換え駅まで到着したところでハッとしました。昔、K君に教えていた乗り換えの手順、駅のホームから下りて「手前」の階段ではなく、「奥」の階段で乗り換えるのが正解だったことに気がつきました。

その瞬間にK君からの最後の電話を思い出しました。

あの日、もしかしたらやっぱりK君は自分に会いに来てくれていて、教えられたとおり乗り換え時に「手前」の階段からあがったがために誤った逆方向の電車に乗ってしまい、自分のせいで路頭に迷わせてしまったのでは。

そしてその後に連絡が来なくなったのは、間違ったことを教えてきた私に愛想をつかしてしまったのでは。そんな思いがこみ上げてきて、なんともやるせなくなってしまいました。

今となっては卒業生名簿も引っ越した先である今の地元のものしかないので連絡先もわからず、話を聞くこともできないのですが、あの日の真相はいまだにわかっていないので、いつか偶然にもK君と出会えることがあれば、覚えているかも含めて確認したい私の過去の思い出のひとつです。

宇多丸　「手前」と「奥」ねえ……。本当のところはわからないけど、でもありそうな話ではある。

宇垣　それにしてもK君、むちゃくちゃカッコイイな!

宇多丸　「その言葉、オレにも言ってみろよ!」って、ヒーローのセリフだよ。すごい。

宇垣　それでいて優しくて。これくらいで距離をとるような人ではないと思いますよ。ほかになにか原因があるのかもしれない。

くだらないけど幸せ

エクストリームスキヤキ（女性・三二歳）

これは私が高校時代の同級生と元トモになった話です。

三一歳の春ごろ、高校のときの友だちYちゃんから久々にラインが来ました。

「M君U君と今度遊ぶんだけど、一緒に遊ばない!?」

私はとてもビックリしました。Yちゃんとは元々仲が良かったのですが、M君U君は高校時代話したこともなく、この三人は文化祭でバンドをやるくらいキラキラしていた存在でした。

私は特に目立つタイプでもなくあまりそのふたりとは話すこともなく卒業。数年前の同窓会でM君とはアニメや音楽の話で少し盛り上がったくらいでした。

そのことを思い出したM君が、私と遊びたいと言ったのが事の発端だったのです。

ビックリ半分嬉しさ半分で私は承諾し、みんなで春の音楽フェスに行きました。大人になると当時の人見知りや異性に対する苦手意識もそこまでなくなり、みんな音楽が好きなこともありとても盛り上がりました。

そこで意気投合した私達は週一、もしくは隔週くらいでYちゃんの家に集まってはお酒を飲んだりゲームをしたりしてグダグダと朝まで過ごす、くだらないけど幸せな時間を共有していました。三一歳みんな独身で彼氏彼女もおらず、仲間意識も強かったのだと思います。

M君と私はふたりで毎日ラインをしたり、ふたりだけで出かけるようにもなりました。M君は気さくで話すのも聞くのもうまく、一緒にいるとすぐに時間がたってしまう不思議な人でした。前の彼氏と別れてから「当分彼氏はいらない、友だちで十分、ひとりが楽しい」と思っていた私はだんだんと、「この人とならずっと一緒でも楽しいな」と思うようになりました。

そう思っていた矢先、M君と続いていた毎日のラインがパタリとなくなり四人で遊ぶ機会も少なくなってきました。理由はあまりわかりません。みんなと遊んだ他愛もない時間は私にとってとても大切であり幸せな時間だったので、喪失感でいっぱいになり時々そのことを考えては涙が止まらなくなったりしました。

「何か私がしてしまったのではないか」「あのときのあの言葉がいけなかったんじゃないか」ぐるぐると駆け巡って私を悩ませました。

それでも月一回あるかないかで辛うじて続いてたダラダラ過ごす会は、あるとき終わりを告げたのです。

それはM君の一言でした。夜の二三時ごろみんなでお酒も飲み終わりあとは寝るだけかなと思っていたときです。

「俺、帰るわ。まだ終電間に合うし」

久々の集まりで盛り上がっていたのでみんな「え!?!?」となりました。M君は続けました。

「いや、だって、もう寝て明日朝みんな帰るだけでしょ?」

私の中で何かが終わった感じがしました。たしかにもうあとは寝てそれぞれバラバラと帰るだけ。ですがそのダラダラとした時間こそが、私の中での幸せだったからです。

Yちゃんや U君は「あと一五分粘れば終電なくなる!笑」と悪ふざけしながら止めて

いましたが、私はニコニコ笑いながらも言葉が思うように出てきませんでした。結局M君は「じゃ、また！　近いうちに！」なんて言いながら笑顔で去っていきました。

私は内心「近いうちになんてあるわけないのに」と思いました。残されたふたりも「これは当分ないな」ということをわかっている感じでした。


それから一年が経ちます。いまだにみんなで過ごす会は開催されていません。「久しぶり！　元気？」とラインできる距離にはいるはずなのに、その言葉すら私は送れずにいます。

こういうかたちで元トモになってしまい、後悔もあるけれど、学んだことも沢山あります。あるとき偶然なにかの拍子でそこから関わり合いとてつもない幸せが生まれること。それが長く続くとは限らないこと。だから私が「幸せだ！」と感じた時間は、二〇〇パーセント後悔のないように楽しもう！と思いました。

みんなもあの日あのとき、「幸せだ！」と感じてくれてれば嬉しいな。

宇多丸　僕が「第二思春期」と呼んでいる、大人になってからの青春期ってあると思うんですよ。だいたい二〇代後半から三〇代前半ぐらいかな。お金も多少ある、仕事も慣れてきてちょっと余裕もある。ただ、人生に対する迷いや不安も実はすごく大きいっていう。そんな感じの、学生のときともまたちょっと違う、フワフワした時期っていうのがあると思うんですよね。僕もありました。

宇垣　で、その終わりもまた来る。

宇多丸　エクストリームスキヤキさんたちに起こったのも、そういうことなのかな。M君も、「あれ？　いつまでこれやってていいのかな？」って思っちゃったのかもしれない。

宇垣　あるいは、もっと大切な人ができたのかもしれない。

宇多丸　淡い恋心が生まれていただけに、切ない話ではありますね。だれが悪いって話じゃないんだけどさ。

最後のクリスマス

色々切ない平成元年生まれ（女性・三〇歳）

いつか一緒に住もうと、落書き帳に家の間取りを書きあったあの子。「青春組」と名前を決めて、いつも一緒に遊んでいたグループ。夜中に星を見に高台に行って、漫画『ワンピース』の有名なシーン（拳を突き上げるアレ）を真似したふたり……。

進路、仕事、結婚、出産、それぞれの人生を歩き始めたのだから仕方がありません。しかし、これから疎遠になるであろう大親友のAのことは、仕方がないとはとても言い切れず、胸が苦しくなってしまいます。

Aとは短大で出会い、お互い椎名林檎さんのファンとわかって一気に仲良くなりました。卒業してからも週に二回は会い、周りからは気持ち悪がられるほどでした。今思えば何をそんなに話していたのかわかりませんが、会うだけでとても楽しかったのです。

しかし時が経ち、お互いの世界が広がり始めると段々と会う回数は減っていきました。趣味や考え方も変わり、会うだけで楽しいとは思えなくもなりました。それでも二、三カ月に一回は会って熱く語り合っていたのです。仕事の話、将来のこと……刺激をもらえる貴重な時間でした。


去年のクリスマスのことです。

Aには彼氏がおり、今年はクリスマス飲みはなしだな、と思っていたらお誘いがありました。嬉しい半面、なぜか急に「Aとクリスマスに会うのはこれが最後かもしれない」と思ったのです。

妙に寂しい気持ちでAと会い、飲んだくれ、いつものように色んなことを話しました。そして最後の最後に、結婚の報告を受けたのです。嬉しくて嬉しくて、それでも心の隅に「あ、本当に最後だったんだ」と、なんとも言えない気持ちが込み上げてきました。

もともと休みも合わないふたりです。独身の私とはもっと時間が合わなくなるでしょう。新居は遠く、今までのように仕事帰りに気軽に飲みに行くこともないでしょう。話題も今より合わなくなるでしょう。とても寂しいけれど、結婚が決まり幸せそうに笑うAに、泣きそうなくらい安心もしています。

社会人になってから、Aは立て続けにご家族を亡くされました。

一時期は見ているこちらが苦しくなるほど不安定で、Aはどうなってしまうのかと心配で仕方がありませんでした。それでもだんだん元気になっていき、最近ではいつもどおりに振るまう彼女に安心していましたが、「Aは絶対に幸せにならなきゃだめだ」とずっと思っていました。

遠慮しいのAは、友だちにはなかなか甘えず、弱音も滅多に吐きません。今まで見たことがない、落ち着いた自然な笑顔は、きっと旦那さんが引き出したのでしょう。Aがすべてをさらけ出せる存在に出会えたことが、家族ができたことがとても嬉しい。

だから寂しいけれど、こんな疎遠なら大歓迎です。先週、苗字の変わったAは引っ越して行きました。たまたま休みだったけれど、ご家族もいるだろうと見送りには行きませんでした。結婚報告のあと、「今までみたいに遊べなくなると思ったら泣いちゃった」と言ってくれたAを思い出し、このメールを書いています。

A、末永く、本当に本当に、お幸せに。

宇垣　わーん……距離感は変わってしまうけれど、想い合ってるこのふたりは、ずっと友だちだよ！

宇多丸　学生時代は共通の話題が多いのは当たり前。でも、たとえ共通の話題が減っていったとしても、バイブスが合うなら、会うのは何年かに一度でも全然いいじゃんね。

宇垣　今なにしているかな？って想い合えたら、それは友だちだと思いたい。

宇多丸　大人になったら、そもそもそんな頻度では会わなくなってくるじゃないですか。親友みたいな立場の相手でも、年に一回ぐらい。

宇垣　これくらいであれば、幸せですよね。

宇多丸　結婚して子どもが産まれて、というふうになっても、子どもが大きくなったらまた会う時間が出来たりするだろうしさ。

宇垣　今の生活となんの関係もないからこそ、言える愚痴もあったりするだろうし。

宇多丸　コンバットRECなんて、昔は朝までふたりで、『『のたり松太郎』と『どす恋ジゴロ』のどっちが優れた相撲マンガか？』とか話し合ってたのに、いつからか向こうは仕事と家庭の愚痴ばっかりになって。でも、それはそれでRECの面白みが失われたわけじゃないしさ。そういうことでいいんじゃないかな。

エース番長

げしず（男性・二〇代）

僕と

彼が出会ったのは小学一年生のころ。同じ野球少年団で出会い、エースで同学年の番長的存在の、K君。僕は対照的にひ弱で試合にすら出られない。そんな彼とは帰り道が同じで家が近いという月並みの理由で仲良くなり、そこから高校まで同じ部活で仲良く過ごしていました。彼は女の子にモテ、野球でも取材されるようなスーパースター。そんな彼でも、色々な遊びを教えてくれすごく楽しい日々を過ごしていました。

ですが僕が大学生になり、地元を離れ連絡を取る機会がぱったりとなくなりました。

僕は大学を卒業し、就職に失敗しフリーターとなり地元に帰ってきました。劣等感、焦燥感に襲われている時、彼が突然連絡をくれました。

「何してる？　元気、おまえのことが心配で。仕事大丈夫？」「仕事紹介する？　お前が幸せになることが俺も嬉しいから」

しかし、彼の優しさが僕にとってすごく嫌で、劣等感と焦燥感をさらに掻き立てられ。「二度と連絡しないで」と言ってしまった僕。今思えばなぜそんなことを言ってしまったのか。いまだに連絡を取れず今の生活を抜け出せず……。また彼と他愛もない話をしたい。


宇多丸　これこそ元トモの神髄です。オチもクソもない、無造作に投げ出されるような文章。

ただね、気持ちはわかります。自分がよくない状態のときに、K君みたいなスーパースターに、「仕事紹介する？」って保護者みたいな感じで来られると惨めになるよ。

だけどね、げしずさんがまた話をしたいと思ってるなら……ものすごくあたりまえのことを言いますけど、連絡とったほうがいい。

宇垣　この前ひどいこと言ってごめん、って。

宇多丸　ちゃんと伝えれば、元に戻れると思いますよ。

キヨちゃん

池澤春菜

彼女の名前はキヨちゃん。中学校のとき、わたしのお隣の組だった。たぶん、桜組。桜はなんだかスマートでとんがった人たちが多くて、地味な楠組のわたしは憧れていた。

キヨちゃんは、少し変わっていて、同じようにはみ出していたわたしとずいぶん気があった。知り合ったきっかけは思い出せないけれど、あっという間に仲良くなって、毎日のように一緒に居た。

ある日、彼女の家に遊びに行ったとき、本棚に同じ作家の本がたくさん並んでいるのに気づいた。

「キヨちゃん、この人の本、好きなの？」

「ううん、それお父さんなの」

「へぇ、お父さん、作家なの。うちもだよ」

このときは、キヨちゃんのお母さんがピザをおやつに出してくれたことに興奮して、それ以上話は進まなかった（デリバリーのピザ、憧れていたのです）。


その後も時折、何かのときにその話は出た。

「お父さん、おうちに居る？」

「あんまりいない」

「うちも。お外にお仕事場があって、ご飯のときに帰ってくるの」

わたしの通っていた私立は変わったご家庭も多かったけれど、さすがに作家の娘はそういなかった。何より本が好きで、クラスメイトと馴染めなくて、疎外感と優越感、孤独と誇りをこじらせていたわたしたちは、魂の双子みたいだった。

キヨちゃんは絵がとても上手くて、文章も上手くて、独自の世界観を持っていた。わたしは彼女に共感し、憧れていた。ふたりだけの閉ざされた関係は、とても居心地が良かった。

ちょっと恋していたのかもしれない。

高校生になって、わたしは虐められてさらに行き場をなくし、イギリスとタイに留学した。外の世界はだいぶ楽だった。ようやく窮屈な靴を脱いで、裸足であることを気にせず歩けるようになった気持ち。


留学から戻った高校生の終わりくらいから、今の仕事を始めた。いつの間にか、キヨちゃんとは疎遠になっていた。キヨちゃんもキヨちゃんで、拠って立てるものを見つけたのかもしれない。でもあのとき、確かに、わたしたちはお互いを必要としていたし、お互いが居なければこの世から早めに逃げ出していたかもしれない。

キヨちゃんの苗字と名前は珍しくない組み合わせなので、検索しても出てこない。もう苗字が変わっている可能性もある。

どこで何をしているのだろう。

でもどこで何をしていても、キヨちゃんはきっとかっこいい。あのときわたしが憧れたキヨちゃんのまま、自分にしか見えないものを、孤独と誇りを抱えて追っているんじゃないかと思う。だから会えなくても良い。

キヨちゃん、わたしも、ここで、頑張るよ。

墓標

宇垣美里

彼女

と友達になったのは、多分必然だったのだと思う。

学校は違ったものの、同じ時期に転校生として海沿いの町にやってきた私たちは習字教室で知り合った。その頃はまっていた「世にも不幸せなできごと」シリーズ、フラッシュモブ、鋼の錬金術師に椎名林檎……怖いくらいに趣味の合った私たちはすぐに意気投合した。共に、なんというか……ちょっと中二病というか、傲岸というか、潔癖症で賢《さか》しらなところのあった私たち。少し幼く見える周囲の生徒たちや、長閑《のどか》で平和で退屈な狭い暮らしに辟易としていて、中学生になると「ここから抜けださないと本当に大変なことになってしまう」と猛勉強を始めたところもそっくりだった。おすすめの参考書や学校の嫌いなところ、どこへ行きたいか、勉強の合間にたくさんの話をした。あの頃ひとりじゃなかったから、私は生き延びることができたんだと思う。

変わったところのあるやつで、オタク大好き「フルーツバスケット」の花ちゃんこと花島咲を想像してもらったらいい。話しているときに時折私の背後をじっとりとした目つきでねめつけてはニヤニヤと笑って見せたり、私たちが陰で「成績がよくってもあれじゃあねえ……」とバカにされたようなことを言われたときには、「呪詛返しの対策とかとってるのかなあ?? まさか準備もせずにあんな不用意な呪いかけてこないよねえ」と末恐ろしいことを言ってみたり……。聞いてないけど多分魔法陣も書けただろう。

一時期くだらない噂に心底疲れていた私に対して「クマヤナギの葉を噛みながら寝るといいらしいよ?」とアドバイスをくれたこともあったなあ。ありがとう、そんなもん噛みながら寝られる人間は噂とか多分気にも留めないと思う。何より私は彼女の字が好きだった。教室で何度も彼女の字を見たけれど、線がのびやかで美しいのはもちろんのこと、同じ墨を使っているはずなのに、色が鮮やかで濁ってて、そのときの感情がそのままのっている様子がどこまでも自由なのだ。この子には世界がどう見えているのだろう?と不思議でしかたなかった。

その後もなんだかんだで続いた腐れ縁。歪みが生じたのは私が社会人になり、彼女が大学院に進んだタイミングだった。〝なんの疑いもなく歯車になれるっていうか社会活動できるってすごいよね（笑）〟という姿勢をおおっぴらに見せ始め、アプリで不特定多数の男性とデートを重ね、私はこんなにもモテるんだとアピールするようになった。

周りがバリバリ働く中で学生を続けることで少なからず疎外感と焦燥感を感じてるのかなあとは思ったけれど、こっちはこっちで必死だったので上手に受け流すことができなかった。

もう今となっては最後のひきがねとなったのが何だったのか思い出せない。化粧っ気のない友人を嘲笑したことだろうか。二股を匂わせてきたことだろうか。私のプライベートについてSNSに書いたことだろうか。

もう何にも分からない。

私は、大学生になって見た目にコンプレックスを持ちすぎている彼女が化粧によってイキイキし始めたのが嬉しかった。クソみたいな男子中学生の愚かな発言を聞き流しながらも小さく傷つき続けていた彼女が、研究室で初めて話の合う人たちに優しくしてもらったと喜んでいたのが、嬉しかった。

元より妖精のように華奢な体躯に涼やかな美貌の持ち主ではあった。でも何より、彼女のいつも遠くを見つめているような美しい眼差しと高潔な魂を愛していたのに。

大学生の頃、悪目立ちするかんばせに苦しむ私に〝魂で人と出会えたらよかったのにね。一番美しいのはその心なのに〟と言ってくれたこと。

色々と積もり積もって、どうしてミスキャンパスになってしまったんだろうと泣く私に〝盲腸で唸りながら病院に向かうタクシーの中であなたの出てるCM見てだいぶ和んだよ。でた理由なんてそれで十分じゃない〟と笑ってくれたこと。多分一生忘れない。ずっと私の心の支えであり続けるだろう。

今でもたまに連絡がくる。帰省した折に会ったこともあった。けれど、話さないと決めてることが多すぎるし、少なくとも細かいプライバシーは絶対に伝えない。なんでも話せる、という相手では、もうない。

私がこんな仕事じゃなかったら、なんでそんなことするのとプンプン怒ってまた仲直りができたのかもしれない。でももう二度と心から信用することはないし、それほど私はこの仕事を続けるために人間関係にはシビアだ。

私の道を阻む者は容赦なく切り捨てる。でも、妹の次に付き合いの長い彼女を失ったのだから、私はこの仕事でやりきらないともううかばれない。時折墓標となった彼女とのやり取りを思い出す。どんなに辛くても歯を食いしばってこの世界で生きていくために。さようなら、私の親友。もう会うことはないけれどあなたは私の宝物だった。

お久しぶり

しまおまほ

一九九七年、漫画「女子高生ゴリコ」の出版をキッカケにこの仕事を始めた。「ゴリコ」は高校時代、授業中テスト用紙の裏に描いた落書き。主人公のモデルは高校二年のとき、斜め前の席に座っていたクラスメイトのシマダだった。パラパラ、ルーズソックス、プリクラ、ポケベル、日サロ。シマダはわたしの数少ない友達の中で当時コギャルと呼ばれる女の子たちの必須項目を全てこなしている唯一の女の子で、わたしは休み時間になると彼女から放課後の過ごし方や人間関係を取材し、授業中にそれを漫画にする、という内職に勤しんでいた。

隣の席に座るユキちゃんは、ルーズソックスを履き、ポケベルを持ってはいたけれど

「まことちゃん」と「浦安鉄筋家族」が好きなちょっと変わった女子高生だった。

「ゴリコ」が描き終わって一番に読んでもらうのは、必ずユキちゃんと決まっていた。

高校を卒業して間もなく、「女子高生ゴリコ」が出版されることになる。一九歳になる年の秋のこと。

出版社が大々的に宣伝してくれたおかげで発売前後は、テレビやラジオに毎週のように出演した。ケーブルテレビでガダルカナル・タカと司会をしたり、ネプチューンとイベントに出たり、T.M.Revolutionと対談したり。美大生としての日常を送る一方で、派手な生活も始まった。有名人と仕事をする機会が増え、〝友達〟ができはじめた。

FMラジオの番組で知り合ったのは、モデル兼タレントの女の子。番組中に意気投合してテンションが上がり、連絡先を交換した。帰り道にプリクラを撮って、その後何回かメールのやりとりをしたが、再会することはなかった。

とある楽屋で会った女優はその前の年に準主役で出た映画が大ヒットしていた。マホちゃんだいすき、実家のお好み焼き屋にぜひ来て、と言ってくれた。彼女のビッグネームにわたしは浮き足立った。電話番号を教えて、しばらく待ったけれどそれきりだった。

オネエキャラで人気のあったタレントの男の子はわたしを「おもしろい子〜」と気に

入ってくれて、短期間で急に仲良くなった。しょっちゅう長電話をしたり、カフェで恋愛相談にのったり。でも、それもいつの間にか自然消滅。

彼ら、みんなどうしているだろう。有名人と知り合いになれたことに浮かれて、同級生に「〇〇ちゃんとお友達～」なんて自慢していた自分が恥ずかしい。敏感な彼女たちは、わたしがステイタスで付き合いを始めたことに気づいたのかもしれない。結局、誰とも一年以上続かなかったのだ。

ゴリコのモデルとなったシマダとはもう何年も会っていない。けれど、お互いの近況はなんとなく知っていて「元」がつくような離れた距離にはいない。会えば友達だ。

ユキちゃんとは四〇歳になった今も月一回は会って映画を観たり、温泉へ行く仲だ。「タマフル」にも電話で出演してもらったこともある。

さらに言えば、ユキちゃんの後ろに座っていたピロセとも仲良くしている。もしこれを読んで、名前がないことに傷つかないように書いておく。ピロセとも友達。

あの頃、わたしが派手だったころに〝友達〟だった人たち。今でもテレビで見る子もいる。ネットを探せば知りうる場所にいたりする。わたしは密かに「お久しぶり」と声をかける。

でも。もし彼らがわたしをどこかで見かけても、気づいてくれるだろうか。直接声をかけずとも「久しぶり」と心の中で呟いてくれるだろうか。自信は、ない。

友達から相方へ

矢部太郎

現在

四一歳、お笑い芸人をする傍ら漫画も描いたりしています。人生は連載漫画のよう。締め切りに追われ、一日一日を必死で描いているうちに振り返ると、巻数を重ね最初の設定もキャラもジャンルさえも変わってたりして、思ってもいなかったことになっている。なんて……正直、人生も連載漫画も一回しかしたことないので、よくわかっていませんが……。それでも、僕の人生はI君と出会うまではいつ打ち切りになってもおかしくない、そんな地味なものでした。

I君とは高校一年生のときに出会いました。「やぶちゃん、チケット取るのうまそうだよね」(この頃Ｉ君は矢部をやぶと誤読していました）初対面でＩ君にそう言われた僕は、正直初めてでしたが早朝から並んでＪリーグのチケットを取りました。当時はＪリーグ元年で爆発的なブーム。読売ヴェルディ対清水エスパルス。カズ、ラモスなどスターの活躍に試合は大変盛り上がりました。帰りがけには、盛り上がりすぎた僕らのうちの一人が突然片思いの女子を呼び出して告白して速攻フラれる。ということまであったあの日は忘れられません。友達と遠くまで遊びに行ったのはあの日が初めてでした。

僕はＩ君と一緒にいるようになりました。学校でも目立つタイプのＩ君といると毎日初めてのことばかりでした。帰りにたまるのも、授業をサボるのも。学校外でも目立つＩ君が近くの街のチーマーに呼び出され、ぼこぼこにされるなんてこともありました。「やぶちゃん告っちゃえよ」初めて彼女ができたのもＩ君が主催したグループデートででした。そう、僕にも彼女ができたんです。一週間でフラれてＩ君には「クーリングオフ！」なんていじられましたが……。

そんなある日「やぶちゃん文化祭でお笑いやろうよ」Ｉ君に誘われました。どうやら何人かに断られての僕だったそうですが……。バカルディ（今のさまぁ～ず）さんがテレビでやっていた銀行強盗のコントを練習しました。僕は三村さん役でした。ウケました（プロのネタだから当然なのですが）。世界がキラキラしました。卒業後僕らはお笑いライブに出るようになって、月一回だった出番が二回、三回と増えて、来る日も来る日も二人でネタを考えて、でもだんだんネタの話しかしなくなって、最初は僕が三村さん役だったようにツッコミでしたが、僕のキャラを生かすべきとダメ出しされ、I君がツッコミをするようになりました。

コンビなのに僕のピンの仕事も増えていきました。もともと人前に出るのが苦手な僕は一人ではなにもできないことが多くありました。僕が仕事で全然うまくいかなかった日、ファミレスでI君に「さぼりません」と誓約書を書かされました。I君は友達でなく相方になっていました。I君が僕の元トモです。

そんな話を『元トモ』のコーナーにゲスト出演したときにしたら、コーナーの最後に宇多丸さんからI君のあるインタビューが紹介されました。そこには「矢部への嫉妬だけでやってきた」とありました。

先日久しぶりにI君とコンビで単独ライブを行いました。それは出会いから今までを振り返るもので『元トモ』を勝手にオマージュさせていただき『元友達』というタイトルにしました。

僕とI君はあの頃に戻ることはできないと思います。それでも、そのライブの終わりで、あの日文化祭でコピーしたバカルディさんの銀行強盗のコントをもう一度、二人でやってみました。

本書は、番組に寄せられた投稿を
編集・構成したものです。
エッセイは、書きおろしです。

拝啓《はいけい》 元《もと》トモ様《さま》

二〇一九年七月二六日　初版第一刷発行

編者　TBSラジオ
「ライムスター宇多丸の
ウィークエンド・シャッフル」&
「アフター6ジャンクション」

装丁・本文設計　鈴木千佳子
装画・挿画　小幡彩貴
執筆　ライムスター宇多丸、池澤春菜、
宇垣美里、しまおまほ、矢部太郎
構成　古川耕
「疎遠」歌詞　トモフスキー（大木知之）
協力　橋本吉史（TBSラジオ）、稗田裕久（TBSラジオ）、
簑和田裕介（TBSグロウディア）、
守安弘典（TBSグロウディア）、
長谷川愛（TBSグロウディア）、
小山内円（株式会社スタープレイヤーズ）

発行者　喜入冬子
発行所　株式会社筑摩書房
東京都台東区蔵前二－五－三
〒一一一－八七五五
電話番号　〇三－五六八七－二六〇一（代表）

印刷・製本　凸版印刷株式会社

ISBN978-4-480-87904-2 C0095